LES LIENS DE SANG

SANDY
BOMAS

LES LIENS DE SANG
Tome 2, Warisse (Le courage)

Photo couverture : Shutterstock

Réalisation Couverture : JXNATHAN GRAPHIQUE-DESIGN

jonathaninfo08@gmail.com

Relecture et correction Martine BOUTEILLIER

Relecture et mise en forme : Fedora LOUKOU

angefedoral@gmail.com

Pour contacter l'auteure :

sandybomas241@gmail.com

ISBN : 9798470962225

Je dédie ce livre à mon cher et tendre époux, mon ami de tous les instants,

A mes enfants, mes amours, ma force, ma vie,

A ma mère et sa fratrie,

Et à tous ceux dont la maman a rejoint les anges beaucoup trop tôt.

Chapitre 1 : Kwilu la mégère

Maurice***

Trois semaines. C'était le délai que m'avait imposé Le Cercle pour accomplir le rituel avec une jeune femme vierge de mon sang ou de celui de mon épouse. Une semaine s'était déjà écoulée depuis le passage de J.B à la maison. Et je n'avais toujours pas de stratagème pour vérifier si Inès-Olga était encore pucelle. Il fallait que j'aie cette information au plus vite, car c'était elle que j'avais décidé de sacrifier.

Entre Julie, Jocy et Ino, j'avais choisi ma nièce par alliance. Ce serait plus facile pour moi de coucher avec elle plutôt qu'avec mes propres filles. C'était peut-être salaud d'agir ainsi, mais c'est comme ça.

Il fallait que j'élabore un plan. Une fois que je serai passé à l'action, je devrais m'assurer qu'elle n'en parle à personne. Cela devait rester secret. Mais Ino n'était plus si jeune que ça pour penser qu'un rapprochement charnel entre un oncle et sa nièce était normal. Je ne pourrais pas lui faire croire que c'était un jeu entre elle et moi. Mais si je la jouais finement, je pouvais l'attirer dans mes filets.

Pour commencer, je devais changer d'attitude envers elle. Il fallait que je sois plus sympathique. Un tonton cool. C'était comme cela qu'elle devrait désormais me percevoir.

Mais tenter un rapprochement en deux semaines seulement, c'était court. Elle trouverait ça soudain et peut-être bizarre. Elle se méfierait.

Et si je demandais un délai supplémentaire au Cercle ? Le temps de gagner la confiance de ma nièce ? C'est bientôt les vacances de Pâques. Je vais demander à la confrérie de fixer mon deadline après Pâques. J'espère très sincèrement qu'ils accepteront.

En un mois, j'aurais un peu plus de chance de faire avaler ma nouvelle personnalité à Inès-Olga. Je mettrais mon antipathie envers elle sur le compte du stress provoqué par le chômage. Oui, ce n'est pas mal comme idée ça ! Je reste confiant. Je ferai tout pour qu'elle morde à l'hameçon.

J'éteignis mon ordinateur et quittai le bureau. Il est temps que je rentre. Mariette et les enfants seront contents de me voir arriver plus tôt que les autres jours.

Inès-Olga***

Tantine Kwilu riait. Son rire était plein d'animosité. Le fait de détenir ce qui semblait être pour elle le scoop du siècle la faisait jubiler. Quoi que je dise à ma tante pour me justifier, elle ne me croirait pas.

Pour elle, je ne suis rien d'autre qu'une trainée, tout comme ma sœur Natacha. Oui, je me suis rapprochée de Jordan cet après-midi, c'est vrai. On a failli faire l'amour, ça aussi c'est vrai, mais grâce à elle, nous ne sommes pas allés jusqu'au bout. Jordan ne m'a pas pénétrée. Donc je suis toujours vierge. Et elle pourra essayer de renverser le cerveau de Tantine Mariette et tenter de la monter contre moi, cela ne marchera pas. Ma Tante a confiance en moi. Et je n'ai rien à me reprocher, car je n'ai pas franchi le cap.

Cette simple pensée me réconforta et m'aida à garder mon calme.

— On va bien rigoler ici tout à l'heure ! Héhé, tu es foutue ma petite, Mariette et Maurice vont te cuisiner, tu vas bien voir ça ! Quand ils sauront la vérité, ils te mettront dehors ! Ma tante prit son téléphone portable et composa un numéro, elle mit le haut-parleur.

— Bonjour Kwilu, comment vas-tu ?

— Ça va ma sœur, je vais même très bien ! Je me suis arrêtée chez toi pour prendre des nouvelles comme ça fait un petit moment qu'on ne s'était pas vues.

— Tu es à la maison ?

— Oui, je suis chez toi. Demande à ton chauffeur de ne pas prendre de chemins à rallonge. Qu'il te ramène directement chez toi. Une surprise t'attend ici !

— Huumm, Kwilu ! À t'entendre, je devine que quelque chose ne tourne pas rond. J'espère qu'il n'y a rien de grave !

— Viens seulement à la maison. Ta fille Ino t'en dira plus que moi.

Un sourire narquois scotché sur ses lèvres, elle raccrocha.

Quelques minutes plus tard, j'entendis un bruit du moteur. En regardant par la fenêtre de ma chambre, je me rendis compte que c'était Tantine Mariette et les enfants qui étaient arrivés. Ma Tante sortit de voiture le pas pressé, Jocy et Axel criaient et sautaient dans tous les sens, ils avaient hâte de voir Tantine Kwilu. Ils l'aimaient bien. Julie, plus calme que son frère et sa sœur, marchait tranquillement en remontant l'allée qui mène à la maison.

Je m'étais réfugiée dans ma chambre et j'en avais profité pour me débarbouiller vite fait. Car mine de rien, j'avais encore l'odeur de Jordan sur moi. *Avec cette vicieuse de Tantine Kwilu, il faut s'attendre à tout. Elle est tout à fait capable de pousser le bouchon en venant flairer entre mes cuisses.*

— Tantine Kwilu ! Tantine Kwilu !

Heureux de voir la sœur de leur mère, les petits criaient de joie. Je suis sortie de ma chambre et je suis allée accueillir ma tante et mes cousins.

— Ah tu ressors enfin ! J'ai cru que tu allais rester toute ta vie, terrée dans ta chambre ! Lança Tantine Kwilu d'un ton cinglant.

— Qu'est-ce qui se passe Kwilu ? Demanda Tantine Mariette à sa sœur.

— Demande à ta fille Ino, elle est la mieux placée pour te raconter ce qui se passe.

— Kwilu, pour l'amour du ciel, arrête de jouer les mystérieuses. C'est toi qui m'as appelée en me demandant de rentrer à la maison de toute urgence, alors c'est à toi de me dire ce qui se passe avec Inès-Olga.

Tantine Mariette était visiblement à bout de patience. Quant à moi, je n'avais envie que d'une chose, en finir avec ça.

13

— Julie, emmène Jocy et Axel jouer dans la chambre, fit Tantine Kwilu à ma cousine. Les sourcils froncés, sa sœur me regardait. Se demandant à quoi tout cela rimait. Une fois les petits éloignés, Tantine Kwilu prit la parole :

— Je dis hein, Mariette tu permets qu'Inès-Olga reçoive les hommes sous ton toit ?

— Comment ça, je permets qu'elle reçoive les hommes ? Ma tante, saisie par la colère, lança vers moi un regard noir.

— Eh bien, ma chère sœur, laisse-moi te dire que lorsque je suis arrivée ici, notre nièce était enfermée dans la maison avec un garçon, j'ai sonné en vain. Il a fallu que je cogne comme une folle pour qu'elle vienne enfin m'ouvrir la porte. Elle a prétexté n'avoir pas entendu sonner parce qu'ils étaient de l'autre côté.

— Quel autre côté ? Demanda Tantine Mariette chez qui la tension venait visiblement de monter d'un cran.

— À la véranda, répondis-je à voix basse.

— Elle dit vrai. Lorsqu'on est derrière et que tout est fermé, on n'entend pas sonner.

— Ok, je veux bien croire qu'elle ne m'ait pas entendue sonner. Mais lorsqu'elle est enfin venue m'ouvrir la porte, j'ai capté cet air coupable qu'ils avaient tous les deux, son petit copain et elle.

— Quel air coupable ? En plus, quel petit copain ? Le regard de Tantine Mariette allait de sa sœur à moi et de moi à sa sœur.

— Celui de deux personnes interrompues en plein acte sexuel ! Dit Tantine Kwilu.

— Kwilu ! Es-tu sûre de ce que tu avances ?

— Tu me demandes si je suis sûre. Et comment tu expliques ça ? Dit-elle en brandissant un emballage de préservatif. Tantine Mariette ouvrit la bouche, mais aucun son n'en sortit. Se sentant défaillir, elle s'affala dans le fauteuil près d'elle. Cette vipère de Tantine Kwilu ne lui a même pas laissé le temps de s'installer. Non ! Il fallait qu'elle lui raconte vite son scoop !

— Ino, c'est vrai ce que Kwilu est en train de me dire ?
Je sentais les larmes me picoter les yeux. Mais il fallait que je les contienne. Après plusieurs battements de cils, le déluge fut évité.

— Réponds-moi, Ino ! Est-ce que c'est vrai que tu t'es envoyée en l'air avec un garçon et en plus sous mon toit ?!

— Ce n'est pas vrai Tantine Mariette ! Je n'ai rien fait ! protestai-je.

— Donc tu veux dire que je mens ?! Hein ? En plus d'être légères, les filles de Judith sont d'excellentes menteuses ! Elle tapa dans ses mains. Mariette, si j'étais toi, je sévirais

15

durement ! Du piment aux yeux et dans son sexe là ! Voilà ce qu'il lui faut !

— Calme-toi un peu, Kwilu !

— Me calmer ? On te transforme la maison en boxon et tu me demandes de me calmer ? Quand Julie et Jocy suivront ses pas, ne viens pas pleurer et dire que tu n'as pas été prévenue.

— Ino, est-ce que oui ou non tu as couché avec un garçon ici ?

— Non Tantine... Je ne comprends pas pourquoi Tantine Kwilu s'acharne sur moi, dis-je en pleurant à chaudes larmes... Jordan et moi, on n'a fait que travailler.

— Elle ment, et toi tu la crois ! C'est une comédienne, elle essaye de t'avoir par les sentiments, Mariette. Et toi, tu la crois !

— De toutes les façons, il n'y a qu'une seule manière de tirer cette affaire au clair !

— Tirer quelle affaire au clair ? demanda Tonton Maurice qui venait d'arriver.

— Ah Maurice ! Tu tombes à pic ! Fit Tantine Kwilu.

Eh Dieu ! Il ne manquait plus que ça !

— Qu'est-ce qui se passe ici Mariette ? De quelle affaire parles-tu ? Que veux-tu tirer au clair ?

Le regard fuyant, ma tante n'osait pas regarder son mari, et encore moins répondre à sa batterie de questions.

— Kwilu pense qu'Ino a couché avec un garçon ici cet après-midi. Et Ino dit le contraire.

Mon oncle devint livide.

— Kwilu dit une chose, Ino se défend en disant le contraire, il n'y a qu'un gynécologue qui pourra tirer cette affaire au clair, finit-il par dire.

— Maurice a raison ! Allons-y à la clinique tout de suite ! S'écria Tantine Kwilu. Puis, se retournant vers moi, elle dit : prépare-toi à une bonne bastille en rentrant, ma petite !

— Je vais me changer, dit Tantine Mariette.

— Ramène-moi une paire de babouches, s'il te plait. Mes chaussures me font mal aux pieds.

Ma Tante s'était changée en un temps record. Elle portait un ensemble sport. Était-ce pour être à l'aise pour aller jusqu'à la clinique ou bien avait-elle anticipé sa tenue au cas où elle devrait me filer une raclée ? Qu'importe. Je pense que ce qui lui tardait le plus, c'était connaitre la vérité. Être éclairée sur l'état de mon hymen.

Joe Lawson***

C'était ma femme qui était à l'origine du départ de Judith. Pendant toutes ces années, je croyais qu'elle n'avait rien su de ma relation extra-conjugale. Mais je constatais avec étonnement que je m'étais trompé sur son compte. Je l'avais sous-estimée. Je devais reconnaître malgré moi qu'elle avait été forte la Carmen.

Car elle l'avait joué tout en finesse. Pas de scandale, pas de scène de ménage. Elle avait ficelé son plan en sourdine et s'était débarrassée de Judith, ni vue ni connue. Elle s'est sentie menacée et a voulu sauver son mariage en faisant sortir ma maitresse de ma vie. Sauf qu'en le faisant, elle m'a également privé de ma fille : Natacha. Plus de vingt ans se sont écoulés sans que je sache que j'avais une fille quelque part. Comment avait-elle vécu avec sa mère ? Quelle enfance avait-elle eue ? Des milliers de questions m'inondaient l'esprit et je me sentais coupable de n'avoir pas cherché à revoir Judith.

Comme me l'avait dit Mariette au téléphone,
« Tchibanga, ce n'est pas le bout du monde ».

Si j'y avais été, j'aurais su que j'avais une fille et j'aurais pris mes responsabilités...

Ce qui est fait est fait, avais-je envie de dire, mais un arrière-goût me restait dans la gorge lorsque je repensais à toutes ces années perdues. Hélas !

Je ne pouvais remonter le temps et revenir en arrière.

Ma préoccupation maintenant était d'essayer de me rapprocher de Natacha, et de chercher à établir un lien entre elle et moi et lui annoncer que je suis son père.

Je ne peux pas rattraper le temps passé ni ramener Judith à la vie. Mais je peux encore prendre le train en marche. Il n'est pas trop tard pour cela.

L'esprit dans le vague, je conduisais par réflexe. A quelques mètres de la maison, je croisai un véhicule qui me fit des appels de phares. C'était Nadia, ma fille aînée, à bord de son Suzuki grand Vitara blanc. Je ralentis automatiquement. Lorsque sa voiture fut près de la mienne, elle baissa la vitre.

— Bonsoir Papa !

— Bonsoir ma fille. Tu sors ?

— Oui ! Nous sommes invités à une soirée de lancement par un gros client.

— Nous ? Demandai-je sur un ton badin.

— Oui mes collègues et moi. Enfin toute la boîte quoi !

— Je pensais qu'un charmant jeune homme avait jeté son dévolu sur toi ! Dis-je le ton léger.

— Papa !...

— Quoi ? Tu es en âge de rencontrer quelqu'un et te caser Nadia.

— Oui, mais ce n'est ni le moment ni le lieu pour en parler.

— Comme tu veux.

— Souhaite-moi une bonne soirée !

— Amuse-toi bien, et sois prudente. Ton verre toujours dans ta main. Ne le confie à personne...

— ... Si je me déplace, je le bois d'une traite et si par hasard il m'arrivait de l'oublier, je n'en bois plus le contenu une fois revenue à ma table.

— Tu connais bien ta leçon !

— Tu me la répètes depuis que j'ai dix-huit ans, papa !

— On n'est jamais trop prudent ! Passe une bonne soirée !

— Merci Papa !

— Si tu n'es pas en état de conduire, appelle-moi, je viendrai te chercher.

— Ça ira Papa, je n'ai pas l'intention de boire comme un trou. C'est une soirée entre professionnels, pas une fête entre copines ! Tu peux rentrer et dormir sur tes deux oreilles.

— Ok. Tu me vois rassuré ! Passe une bonne soirée.

— Merci Papa.

Carmen***

Depuis la bagarre mystique avec Adline, je n'avais plus tenté de repartir chez Elsa et Alan. Mes intentions étaient désormais connues par la belle-mère de Zazou. Je devais donc changer de stratégie. Pour le moment, je m'arrêtais avec les attaques mystiques et j'allais me servir de la bague que m'a donnée Ebando afin de voir tout ce qui se passait chez le couple Essongué. Ainsi, j'allais pouvoir bien cibler le moment où faire intervenir Nadia.

Joe me semblait distant depuis quelque temps. Je le sentais préoccupé par quelque chose. Mais je ne savais dire quoi. J'avais pris les devants au cas où il tenterait d'aller voir ailleurs. Si son changement d'attitude avait un lien avec une femme, elle partirait comme elle était venue.

Je suis dans cette maison à vie. Joe et moi, on est ensemble, je ne bouge pas. Lui et moi, c'est jusqu'à la gare. Rien ni personne ne pourra venir se mettre entre nous. D'ailleurs s'il essaye d'aller, son sexe ne se lèvera pas !

Je repensais à cette pouilleuse de Judith qui avait voulu s'amuser avec moi. C'était d'ailleurs après cette liaison avec elle que j'étais devenue vigilante. Je faisais confiance à Joe les yeux fermés. Mais comme on le dit souvent, la confiance n'exclut pas le contrôle. Avec les maternités successives, Joe ne se retrouvait peut-être plus dans notre couple. C'était le problème que de nombreux couples rencontraient.

Une maman trop fusionnelle avec ses enfants, un mari qui a du mal à trouver sa place, et c'est la porte ouverte à une éventuelle relation extra-conjugale.

En venant marcher sur mes plates-bandes, Judith ne savait pas à qui elle avait affaire. Je l'ai éjectée vite fait bien fait, et mise hors d'état de nuire en la faisant renvoyer dans son vieux Tchibanga natal grâce à l'aide d'un membre de sa famille. Et pour couronner le tout, j'avais payé un homme afin qu'il sorte avec elle pendant quelques mois, le temps de bien lui prendre la tête, avant de la jeter comme une vieille chaussette.

Pourquoi je repense à ça tout d'un coup ? Après toutes ces années, pourquoi le souvenir de Judith revient-il ? Pourquoi maintenant ?

J'étais seule à la maison. Tapie dans l'obscurité de ma chambre, j'avais sorti la corbeille que m'avait donnée Papa Ebando. J'étais indisposée, il fallait donc que je laisse la bague dans la corbeille. Je la remettrais une fois mes menstrues finies. C'était dans ce genre de cas que j'aurais aimé être déjà ménopausée !

Je rangeai minutieusement la bague dans la corbeille et cachai le tout dans mon coffre-fort que je fermai à clef.

— Carmen, tu es là ?

Mince, c'est Joe !

Je m'allongeai vite fait dans le lit et fis mine de me réveiller.

— Oui, je suis là.

— Que fais-tu dans le noir ?

Il mit la lumière.

— J'ai mal à la tête et aux yeux... J'avais besoin d'être dans l'obscurité...

— Encore ta migraine ?

— Oui.

— Repose-toi alors.

Joe sortit de la chambre en prenant soin d'éteindre la lumière et fermer la porte derrière lui.

Maurice***

Merde alors ! Inès-Olga et son petit copain se seraient envoyés en l'air ! En plus sous mon toit ? Non, mais dites-moi que je rêve ?!

Je me servis un verre de whisky, puis un autre. La gorge en feu, je me mis à arpenter nerveusement le salon.

J'étais en colère. Le pire est que ma grogne était uniquement animée par l'éventualité que mes plans tombent à l'eau. Si Inès Olga n'était plus vierge, qui allais-je choisir pour le rituel ? Julie ? Elle était à peine pubère. Jocy ? Non, pas mon bébé ! Je n'osais même pas y songer.

Je n'avais pas pensé à un plan B. Tous mes espoirs reposaient sur Ino... Si elle n'était plus pure, j'allais être obligé de me rabattre vers l'une de mes filles.

Le simple fait d'y penser me répugnait. Je me servis un verre de whisky, puis deux, puis trois...

Dans quoi me suis-je fourré ?

Chapitre 2 : Le verdict

Inès-Olga***

Le chauffeur nous a déposées à la clinique en peu de temps.

La salle d'attente était vide. Mises à part nous, il n'y avait personne d'autre qui attendait pour voir un médecin. Dès notre arrivée, la dame à l'accueil nous a reçues. Tantine Mariette lui avait demandé s'il était possible de voir un gynécologue en urgence.

— C'est pour ma fille.

— Qu'est-ce qu'elle a exactement ?

— Écoutez, si cela ne vous dérange pas, je préfère en parler directement avec le gynécologue.

— Ok, c'est comme vous voudrez, mais vous allez devoir attendre un bon moment, car le Dr Mouenga est actuellement en salle d'accouchement.

— Il n'y a pas un autre gynécologue qui pourrait l'examiner ?

— Malheureusement non. C'est le seul gynécologue présent à la clinique ce soir.

— On attendra le temps qu'il faudra ! Lança Tantine Kwilu.

Qui l'a sonnée celle-là ? Tchip !

La dame à l'accueil toisa ma tante en deux battements de cils.

Elle aussi l'a trouvée gonflée.

Puis, elle reporta son attention vers Tantine Mariette et lui demanda de régler les frais de ma consultation.

— Combien je vous dois ?

— La patiente a la CNAMGS[1] ?

— Non, elle n'est pas assurée.

— Sans la CNAMGS, ça fera vingt-mille francs, s'il vous plait.

Ma tante s'acquitta des frais, sans broncher. Vingt mille francs ce n'est plus la mer à boire pour elle. Les temps ont changé...

Tantine Mariette prit le reçu, preuve de son règlement, et revint s'asseoir auprès de nous. L'atmosphère était tendue. Personne ne parlait, pas même Tantine Kwilu qui était si pressée de

---

[1] Caisse Nationale d'Assurance Maladie et de Garantie Sociale.

m'amener ici. Je priais intérieurement pour qu'on en finisse au plus vite. J'avais juste envie d'une chose : que la vie reprenne son cours normal.

Je repassais ma séance de travail avec Jordan en boucle dans ma tête. Pourtant, tout avait si bien commencé. On révisait bien nos cours. Il avait fallu qu'il veuille faire une pause et c'est là que tout avait dérapé. Pourquoi avais-je cédé ? J'aurais pu être ferme et rester focalisée sur les révisions. Si je n'avais pas faibli, tout ceci ne serait pas arrivé.

J'avais voulu nier ce que j'éprouvais pour Jordan. J'avais essayé de me convaincre, qu'une séance de travail, rien que lui et moi à la maison, serait sans conséquence. Mais c'était sous-estimer mon corps. Car lui, il était attiré par celui de Jordan. Et le seul langage qu'il parlait cette après-midi était le même que celui du fils Mabika. Un langage dicté par le feu des sens en folie. Je désirais Jordan autant qu'il me désirait moi. Ce qui était arrivé cette après-midi était prévisible, même si j'avais voulu me voiler la face en pensant que le contraire aurait pu être possible. On avait tous les deux, envie l'un de l'autre. Ça faisait plusieurs semaines maintenant que nous étions en ébullition tous les deux.

Assise entre mes deux tantes, je me sentais comme une grande délinquante appréhendée par la Police. Je continuais de prier pour que le gynécologue me déclare encore pucelle. Je n'avais pas envie de décevoir Tantine Mariette. C'était grâce à elle si j'avais un toit et une vie plus ou moins normale.

Elle avait tenu tête à son mari. Tonton Maurice ne voulait pas de moi chez eux. Et c'est parce que ma tante m'avait défendue dès le début, que j'avais pu rester. Si j'étais partie chez Tantine Kwilu, elle m'aurait certainement mise à la porte comme elle l'avait fait avec Natacha. Il n'y avait qu'à voir comment elle se comportait. C'est comme si nous n'étions pas les enfants de sa propre sœur. C'est à croire que Maman et elle avaient un conflit. Cela justifierait peut-être le ressentiment qu'elle a à notre égard.

— Le Docteur Mouenga va vous recevoir dans un petit moment. La voix de la secrétaire médicale me sortit de mes pensées.

— Merci Madame. Tantine Mariette remercia la secrétaire.

Je la guettai du coin de l'œil, elle restait calme. Tantine Kwilu, quant à elle, jubilait en poussant des exclamations avec un ton ironique. Il lui tardait de me voir tomber.

Connasse !

Peu de temps après, le Docteur Mouenga fit son apparition. C'était un homme grand, de teint très noir, la quarantaine bien entamée, un visage fort agréable.

— Mademoiselle Manomba. Il venait de prononcer mon nom en me cherchant du regard.

Le cœur battant la chamade, je me levai timidement.

— Venez donc ! Je ne vais pas vous manger, vous savez.

Un sourire se dessina sur les lèvres du gynécologue. Ça lui donnait un air sympathique. Il essayait de détendre l'atmosphère, mais malgré cela, je restais tendue comme un string.

— C'est une urgence, il paraît. Alors, que se passe-t-il ?

— Docteur... En fait... C'est moi qui souhaite que vous l'examiniez. Tantine Mariette avait presque chuchoté ces mots.

Que lui arrive-t-il soudain ? Aurait-elle honte ? Tu veux savoir si je suis toujours vierge non ? Il faut maintenant assumer !

Le médecin la regarda sans trop comprendre où elle voulait en venir.

— On veut savoir si elle est encore vierge. Lâcha Tantine Kwilu. Je vis l'étonnement sur le visage du Docteur Mouenga. Figurez-vous que cette gamine a ramené un homme à la maison cette après-midi ! Elle venait de crier ces mots en pointant vers moi un doigt accusateur.

Je ne m'étais jamais sentie autant humiliée. A cet instant-là, je n'avais envie que d'une seule chose : que la terre s'ouvre sous mes pieds et m'engloutisse à jamais.

— Calmez-vous Madame, dit le Dr Mouenga à Tantine Kwilu qui continuait de se dandiner en vociférant à mon égard tout ce qui lui passait par la tête.

— Me calmer ?! Je me calmerai uniquement lorsque nous saurons si elle est encore vierge ou pas ! Et je doute fort que ce soit le cas ! Elle croisa ses mains sur sa poitrine, et lança vers moi un regard dédaigneux.

Voyant qu'il ne pouvait pas calmer ma Tante, le Dr Mouenga lui tourna le dos sans plus rien rajouter. Et s'adressa à moi :

— Quel âge avez-vous, mademoiselle ?

— Dix-neuf ans, répondis-je d'une voix presqu'inaudible.

— Veuillez me suivre, Mademoiselle. Je vais vous examiner.

Mes tantes s'avancèrent également.

— Je vais recevoir la patiente seule. Le ton ferme du gynécologue saisit mes tantes qui ne cachaient pas leur mécontentement.

— Mais Dr, c'est ma fille ! Protesta Tantine Mariette.

— Je n'en disconviens pas, Madame. Mais vous n'avez pas besoin d'être présente pendant que je l'examine.

Sans laisser aux deux sœurs le temps de rajouter quoi que ce soit, le Dr Mouenga m'invita à le suivre.

C'était la première fois que je mettais les pieds chez un gynécologue. J'avais une idée de ce qui m'attendait. Mais le simple fait de savoir que j'allais me retrouver toute nue, allongée sur une table d'examen, les jambes écartées, et laisser un inconnu, bien que ce soit un gynécologue, avoir une vue totale sur mon intimité, me mettait fort mal à l'aise.

— C'est la première fois que vous venez au cabinet ?

— Oui...

— Je vais prendre les renseignements vous concernant et je vais les mettre dans le dossier que je vais créer.

— D'accord.

Je lui donnai toutes les informations dont il avait besoin. De la première à la dernière date de mes règles. Puis, il prit ma tension et mon poids avant de procéder à l'examen gynécologique à proprement dit.

— Je vous laisse enlever le bas et vous installer. Il me désigna le coin auscultation situé derrière un paravent en bois.

Pendant tout le temps durant lequel il m'examinait, le Dr Mouenga essayait de me décrisper en me posant des questions sur ma scolarité. Parler du bac même si j'étais là, allongée et toute nue m'avait aidé à me détendre. Lorsqu'il annonça qu'il avait terminé, j'étais étonnée.

— Vous êtes toujours pucelle. Votre hymen est intact. Votre Maman sera contente de savoir que vous êtes encore innocente.

— Ma mère est morte.

— Mais qui est alors cette dame qui dit être votre mère ?

— C'est ma tutrice. Ma tante, la sœur de ma mère. Les deux femmes qui m'ont amenée ici sont les sœurs de ma défunte Maman.

— Huuumm, je vois... Heureusement que vous êtes encore vierge alors, car j'imagine qu'après cette visite, vos tantes ont prévu un traitement spécial pour vous, au cas où vous auriez perdu votre pucelage.

— C'est exactement ça.

— Hé bien ! Je vous laisse vous rhabiller. J'irai dire à vos tantes qu'elles n'ont pas de soucis à se faire de ce côté. J'espère qu'après ça, vous pourrez respirer et vous concentrer sur vos études.

Nadia***

Lorsque je suis arrivée au lieu de l'événement, il y avait déjà pas mal de monde. Certains sirotaient leur boisson au bord de la piscine, tandis que d'autres discutaient à l'intérieur. Le pas assuré, je me faufilai parmi tout ce beau monde, en cherchant du regard les têtes qui m'étaient familières. Après avoir parcouru quelques mètres, j'aperçus mon boss : Hervé O'ssima et toute l'équipe. Il était le seul homme au milieu de cinq femmes.

Où est donc passé Tim ? Il n'est pas venu ?

En m'apercevant, mes collègues me firent de grands signes de la main. Ils étaient tous élégants. Les femmes avaient sorti leurs belles toilettes. Et Monsieur O'ssima, il était juste beau à couper le souffle. Je me mis à le détailler discrètement. Il portait un joli costume anthracite. Le nœud papillon, couleur vin rouge, qu'il arborait avec classe, lui donnait un air de dandy anglais. Ses cheveux coupés à ras et cette barbe taillée au millimètre près me donnaient envie d'y glisser mes doigts... Et ses lèvres !

J'imagine ce qu'elles pourraient me faire... Dieu du ciel !

Légèrement perturbée, je reportai mon attention sur mes collègues, puis leur fis la bise. Lorsque j'arrivai près de mon patron, c'est tout naturellement que je lui tendis la main.

— Comme ça, je suis le seul que vous n'embrassez pas ?

Sans me laisser lui répondre, Hervé O'ssima m'attira contre lui et sa bouche atterrit sur ma joue. Une onde de vagues chaudes se rependit dans mes veines avec une puissance déconcertante. Troublée par ce contact inattendu, je restai figée pendant deux ou trois secondes, avant de me ressaisir et de le gratifier à mon tour d'un baiser sur la joue. Au moment où mes lèvres se posèrent sur sa peau rasée de près, l'onde se propagea dans tout mon corps, et des frissons me parcoururent de la tête aux pieds. Je dus faire un effort surhumain pour me soustraire à cette étreinte que je trouvais fort agréable, mais qui restait très troublante et inappropriée.

C'est ton patron Nadia !

Le temps de ce contact furtif, je pus apprécier le grain de sa peau, m'enivrer de sa fragrance fraîche et masculine.

Il est beau et élégant, je comprends que mes collaboratrices soient collées à lui comme des sangsues, surtout son assistante.

Samira me toisa. Par sa proximité et ce regard assassin qu'elle me lança, je compris qu'il y avait eu quelque chose entre eux. Une relation *incognito* ?

— Alors comme ça, on s'est sentie seule ? Une Américaine perdue au milieu d'une centaine de personnes à peine. La voix de M. O'ssima me ramena à la réalité.

— Je n'étais pas perdue ! Me défendis-je. Je cherchais mon staff, nuance.

— Je sais bien, je vous chambre un peu, c'est tout.

Il me fit un clin d'œil et caressa ma joue de son pouce.

Euh, je rêve ou il tente un rapprochement ?

Je fis mine d'ignorer tout ça, et participai à la conversation en cours. On parlait construction et acquisition de nouveaux bâtiments. Gestion de patrimoine et tout le tralala.

Mes collègues se sont toutes éclipsées lors de l'annonce au micro du début de la tombola. Samira qui ne voulait visiblement pas suivre la clique, fut tout de même entraînée de force par Yolande. Cette dernière espérait entendre son numéro pour l'un des lots à gagner. Une fois mes collègues éloignées, je me tournai vers M. O'ssima.

— Pourquoi Tim n'est-il pas venu ? Demandai-je de but en blanc. Histoire de lancer un sujet de conversation. Et surtout pour éviter les silences pesants. Tim c'est l'un des plus anciens de la boîte. Les gros clients, c'est lui qui les déniche. Une serveuse passa avec un plateau rempli de cocktails. Je pris un verre.

— Il a eu un empêchement d'ordre personnel.

— Ah oui, et de quel genre ?

— Sa femme est enceinte, et d'après ce qu'il m'a dit, elle pourrait accoucher d'un moment à l'autre.

— Ah oui, c'est vrai ! Et il veut être près d'elle quand ça arrivera.

— Tu as tout compris. Avant, l'accouchement c'était une affaire de femmes. Personne ne savait quand c'était le moment. Un petit groupe se formait autour de la femme enceinte et elles partaient pour l'hôpital, ni vues ni connues. Même le mari n'y voyait que du feu.

— M. O'ssima les temps changent vous savez. Les mentalités évoluent. C'est bien que les hommes puissent être près de leur épouse pour un événement si important.

— Vous aimeriez que votre homme soit près de vous le jour où vous donnerez la vie ?

Euh, depuis quand on parle de moi et de mes désirs ?

— Bien sûr. L'accouchement est l'affaire des deux parents.

— Moi je suis de la vieille école. Je préfère laisser cela aux femmes.

— Vous fuyez vos responsabilités ! Lui lançai-je.

— Non. Je dirai plutôt que je laisse cet espace aux femmes.

— Froussard !

— Quoi ?!

— Vous êtes un froussard ! Vos histoires sur l'espace réservé aux femmes et tout le reste sont des prétextes pour vous défiler.

— Vous me plaisez !

— Je vous demande pardon ?!

Ai-je bien entendu ? Euh... Ai-je bien compris ?

Hervé O'ssima avait déjà employé cette expression la première fois que j'avais mis les pieds dans son bureau. Mais là, en soutenant son regard, tout en luttant pour ne pas qu'il se rende compte de l'effet qu'il a sur moi, je compris que je ne le laissais pas indifférent non plus. Cette lueur qui dansait dans ses yeux le confirmait. Il avança vers moi toujours son regard plongé dans le mien. Et quand il fut à une distance qui ne me permettait pas de me défiler, il effleura ma joue. Je sentis des ondes se propager dans tout mon corps. C'était comme si je venais de recevoir une décharge électrique. Je marmonnai quelque chose et lui montrai mon verre vide, puis je me dirigeai vers le bar. Je commandai une vodka orange avec de la glace.

— Ce n'est pas un peu fort comme boisson pour toi ?

Bien décidée à remettre à sa place l'intrus qui avait osé se mêler de ce qui ne le regardait pas, je me retournai brusquement.

— Oh c'est toi ? Je me radoucis. Que fais-tu là, Alan ?

— Figure-toi que j'ai été invité. Tout comme toi.

— Ma question est stupide. Je me mis à sourire bêtement. Oublie que je t'ai demandé une chose pareille. Je le détaillai de la tête aux pieds. Tu es très élégant.

— Tu es super classe toi aussi.

— Merci, je te commande la même chose que moi ? Proposai-je en lui montrant mon verre.

— Non ça va, merci. Pas d'alcool pour moi.

Je bus une bonne gorgée de ma boisson.

— Mon cher beau-frère est toujours aussi sage.

— Je suis là pour le business. Donc je préfère garder l'esprit clair et ne pas boire d'alcool.

— Et où est ma sœur ? Tu l'as laissée à la maison ?

— Oui, elle est chez nous. D'ailleurs, je ne devrais pas tarder à aller la rejoindre.

— Alors ce soir tu as quartier libre ?

Je m'approchai d'Alan. Attirée par lui comme un insecte l'est par la lumière, je me mis à jouer avec sa cravate tout en me frottant à lui. Ma bouche était si près de la sienne qu'il suffisait de peu pour qu'on s'embrasse.

Alan me saisit fortement les poignets et me repoussa.

— A quoi tu joues, Nadia ?!

Ses yeux me lançaient des éclairs.

— Je ne sais pas ce qui m'a pris Alan... Je suis vraiment désolée... Je ne voulais pas... Vraiment...

— Tu devrais arrêter de boire. Ça ne te réussit visiblement pas !

Il me toisa. Furieux, il m'arracha des mains mon verre à moitié plein.

— Je ne suis pas ivre ! Me défendis-je.

— Ah oui ?! Alors comment expliques-tu ton comportement ? Hein ?

— Je ne sais pas quoi te dire...

— Tu es ivre ! Voilà tout !

— Tout se passe bien, Mademoiselle Lawson ?

Hervé O'ssima venait voler à mon secours tel un chevalier servant sur son cheval blanc.

— Oui. Ça va.

— Si cet homme vous importune...

— Cet homme est mon beau-frère, coupai-je. Et il ne m'importune pas.

Le regard de M. O'ssima allait d'Alan à moi, puis de moi à Alan. Les sourcils froncés, il cherchait à comprendre ce qui se passait entre mon beau-frère et moi. Une gêne palpable planait à présent autour de nous.

— Puisque tout va bien, je vais rejoindre l'équipe à l'intérieur. Nous vous y attendrons, Mademoiselle Lawson.

— Bien M. O'ssima. Je ne serai pas longue.

Une fois mon boss éloigné, je me retournai vers Alan et lui présentai pour la énième fois, mes excuses les plus sincères.

— Je ne sais vraiment pas ce qui m'a pris...

— C'est oublié, coupa-t-il. Je vais parler affaires avec un futur associé. Fais attention à toi et pour le reste de la soirée, évite de boire de l'alcool.

— Oui. Je crois que ça vaudrait mieux...

Je regardais Alan s'éloigner, encore perturbée par ce qui venait de se passer. Je restai quelques minutes dehors, me demandant ce qui m'avait poussée à agir de la sorte.

Chapitre 3 : 1 Pierre 5 : 7

Inès-Olga ***

Lorsque nous sommes sorties de la clinique, je me sentais soulagée. Je pouvais lire le même sentiment sur le visage de Tantine Mariette. Ses traits étaient moins tendus que lorsque nous étions arrivées. A un moment, il m'a même semblé voir un sourire étirer ses lèvres. Cela m'a rassurée.

Mais ma joie n'a été que de courte durée. Tout s'est évaporé comme par enchantement lorsque Tantine Kwilu a ouvert sa bouche. Du venin en sortait à nouveau, à profusion.

— Ce n'est pas parce que le gynécologue a dit que tu es vierge, que ça te lave de tout soupçon Inès-Olga ! Tu n'as peut-être encore rien fait pour le moment. Mais sache que maintenant, nous t'avons à l'œil.

Tous tes faits et gestes seront surveillés à la loupe, Ino. Au moindre retard sur ton trajet du lycée vers la maison, il y aura une sanction. N'est-ce pas Mariette ?

Tantine Kwilu voulait être sûre que sa sœur partageait bel et bien son avis.

— Laisse un peu l'enfant, Kwilu !

— La laisser comment Mariette ?! Si tu avais vu ce jeune homme sortir de chez toi, tu reconnaîtrais que mes soupçons sont fondés.

— Cette enfant a besoin qu'on la laisse un peu respirer.

— La laisser respirer ? Mariette, ne sois pas dupe ma sœur !

Tantine Kwilu tapa dans ses mains pour bien insister sur ses doutes à mon égard.

— Je ne sais pas comment tu peux te laisser berner par cette petite...

— L'examen a confirmé qu'elle est vierge. On n'a plus besoin de tirer en long et en large sur cette affaire.

— Ah bon ? Tu la crois si innocente que ça ? Certes, Inès-Olga est encore vierge, mais c'est là qu'il faut redoubler de vigilance !

— Je dis hein, Kwilu, donc tu n'as plus d'autre sujet que celui de fouiner entre les cuisses de l'enfant ? Et ton gigolo d'Elvis, on en parle ?

En plein dans le mille ! Tu as eu !

— Qu'est-ce que cela signifie, Mariette ?

— Cela signifie qu'il y a des sujets qui pourraient tout aussi bien nécessiter un débat.

— Comment tu peux me manquer de respect à ce point, Mariette ? Et devant Ino en plus !

— Je ne te manque pas de respect Kwilu, loin de là. Je dis simplement qu'on pourrait aussi parler de ton Elvis et de l'argent qu'il t'a volé.

— Tu ne me manques pas de respect ?! Alors pourquoi tu choisis ce moment pour me parler d'Elvis ? Tu veux que je laisse ta petite protégée en paix, c'est ça ? Ok, je vais laisser Ino, mais lorsque les choses se gâteront, ne m'appelle surtout pas !

— Tu vois Kwilu, je trouve regrettable cet acharnement que tu as sur les filles. Tu as déjà fait leur procès. Quoi qu'elles fassent, pour toi, elles sont coupables. C'est à croire que le différend qu'il y avait entre Judith et toi n'a jamais été oublié. Tu fais un transfert sur les enfants ? En quoi sont-elles responsables de ce qu'il y avait entre leur mère et toi ? Judith et toi vous aviez des rapports tendus, c'est un fait, mais est-ce que les filles devraient pour autant payer les pots cassés ?

Maman et Tantine Kwilu avaient quel genre de problème ?

44

— De quel transfert tu parles ? Je ne fais aucun transfert.

— Oh que si ! Tu as déjà chassé Natacha de chez toi, et là, tu donnes l'impression de vouloir la même chose pour Inès-Olga. Tu désires que je la chasse aussi ? Tu veux qu'on les mette à la porte et qu'on laisse la vie se charger de leur sort ? Notre rôle est de tendre la main à ces enfants. Et non de les regarder s'égarer. Ce sont nos nièces après tout ! Du vivant de Judith, nous n'avons rien fait pour leur venir en aide parce que chacun de nous était trop occupé à gérer sa petite vie. Nous avons une occasion de nous rattraper. Saisissons-là ! Et cette fois-ci, faisons les choses comme il se doit.

— Une nièce couche avec le même homme que sa tante et tout le monde ferme la bouche.

— Jusqu'à preuve du contraire, ça n'a pas été prouvé. Vu le comportement d'Elvis, il a certainement tout inventé et toi tu t'es laissée aveugler par tes sentiments.

— Il a tout inventé hein ? Je suis désolée Mariette, mais ce jour-là, j'avais trouvé Natacha quasiment nue dans mon salon en présence d'Elvis. Que faisait-elle dans cette tenue d'après toi ? Pour moi, tout était clair ! Cette petite peste a tenté de coucher avec mon homme !

— C'est bien ce que je dis Kwilu... Tu as réagi comme une femme face à une rivale et non comme une mère. Tu n'as pas pris la peine d'écouter la version de Natacha. Tu as simplement validé ce que ton jeune et bel amant t'a chanté comme berceuse. Et malgré le sale coup qu'il t'a fait, tu le défends encore bec et ongles. En tout cas... Dieu merci, Pacôme s'occupe bien de Natacha à Libreville.

— Tant mieux. Mais sa femme n'a pas encore dit son dernier mot.

— Qu'est-ce que tu insinues ?

— Je n'insinue rien. Je dis ce qui est. Tu crois que Charlotte a digéré la baston que notre frère lui avait infligée à cause de Natacha ?

— Ce n'est pas à cause de Natacha que Pacôme l'a rossée. C'est plutôt à cause de son insolence et son manque de respect vis-à-vis de lui.

— Quoi qu'il en soit, notre belle-sœur a une dent contre Natacha.

— Ah, qu'elle arrête de fatiguer les gens ! Une dent contre Natacha de quoi ? Tchip ! Tout cela m'a épuisé. J'ai juste envie de rentrer me reposer.

Vraiment ! On a toutes envie de rentrer.

Les deux sœurs cessèrent de se chamailler. Nous étions debout devant la voiture fermée depuis un bon moment déjà. Tant que mes tantes étaient occupées à régler leurs comptes, l'absence de Léon était passée inaperçue.

Le chauffeur s'était autorisé un quartier libre. Tranquille ! Tantine Mariette lui somma de rappliquer sur–le-champ. En moins de dix minutes, il était là.

Sans aucun mot, nous nous sommes engouffrées dans la Volkswagen Touareg.

— Vous me déposerez chez moi, annonça Tantine Kwilu d'un ton las.

Bon débarras !

— Ok. Acquiesça sa sœur.

Je vais enfin pouvoir respirer.

Elsa***

Mon entretien d'embauche s'était bien passé. Le verdict devait tomber en fin de semaine. Je m'étais bien défendue. J'étais confiante. Et si par hasard, je n'étais pas retenue, je pourrais toujours travailler pour Alan. Mais ça, ce serait en dernier recours. Je croise les doigts pour que Sabrina Ningone retienne ma candidature. J'aimerais beaucoup mettre mes compétences au service de cette startup dirigée par une femme.

Je suis sortie de l'immeuble les Arcades et je suis allée flâner en ville.

Rien n'avait vraiment changé. Le salon de thé Pélisson juste en face était toujours aussi prisé. Je m'y suis arrêtée pour casser la croûte, puis je me suis rendue au marché de Glass où j'ai acheté quelques babioles pour la maison.

Ça manque de couleur et de vie.

Depuis qu'Alan et moi sommes installés à Libreville, je n'avais pas eu l'esprit favorable à la décoration. Rien ne m'intéressait. Je m'étais repliée sur moi-même pendant tellement longtemps. Mais maintenant, j'avais décidé de reprendre les choses en main. J'allais m'occuper de notre petit nid à Alan et moi. Mes pensées moroses et ma dépression avaient eu raison de moi au point où la décoration de la maison ne faisait pas partie de mes priorités. Pendant longtemps, je n'avais plus eu goût à rien. Je m'étais laissée engloutir par le chagrin...

La thérapie avec la psy a porté ses fruits une fois que j'ai accepté que Mathis fût bel et bien parti. Il fallait malgré tout que la vie continue pour Alan et moi. Le plus difficile était d'accepter cette perte et de se donner le droit d'avoir mal, d'être triste, de prendre du temps pour panser les plaies, guérir et avancer. Maintenant que c'était fait, je me sentais revivre.

Il y a tellement longtemps que je n'ai pas ressenti ce sentiment de bien-être.

J'ai acheté pas mal de choses sympas : des tableaux en pierre de Mbigou, des animaux taillés dans du bois et des nappes de tables en tissu africain. Tous ces objets allaient donner une touche couleur locale à mes tables.

Dès que je suis rentrée à la maison, je me suis changée et j'ai commencé à jouer à la décoratrice d'intérieur. Après quelques heures, le résultat obtenu était plus que satisfaisant. Je pouvais être fière de moi. Après ça, je me suis mise aux fourneaux, bien décidée à offrir à mon époux adoré, un accueil particulier. Pendant que je surveillais la cuisson de mon poulet, le téléphone se mit à sonner. C'était Alan.

— Coucou !

— Allô Zazou ?

— Oui c'est bien moi.

— Chérie, je rentrerai un tout petit peu tard ce soir.

— Ah, d'accord ! Des détails à régler pour Rodionga ?

— Non, non. On a pas mal avancé aujourd'hui et j'en suis d'ailleurs très content.

— Mais pourquoi tu rentreras tardivement alors ?

— J'ai reçu une invitation à la dernière minute.

— Une invitation ? Ma question cachait à peine ma surprise.

— Oui, un futur collaborateur organise une soirée. Je vais en profiter pour conclure un accord avec lui. Tu sais pour la distribution des boissons.

— Oui je vois... Je vais alors dîner toute seule, regarder un film et m'endormir sur le canapé en t'attendant ?

— Non. Je serai de retour à la maison avant minuit.

— Tu promets ?

— Je te le promets.

— Bisous, mon cœur, sois prudent.

— Sois tranquille. A plus tard ma Zazou. Je t'aime.

— Je t'aime moi aussi.

En voilà un imprévu !

Je ne saurais dire pourquoi, mais je n'étais pas tranquille après le coup de fil de mon mari. Il m'avait pourtant prévenue. Mais il y avait tout de même quelque chose qui me gênait.

Je percevais comme un mauvais pressentiment. Je le sentais en danger à cette soirée. Mon intuition me mentait rarement.

Pendant que mon plat mijotait dans le four, je me suis préparée un cocktail à base de jus de fruits et je me suis installée sur la terrasse. Les accords de musique de l'église de réveil parvinrent à moi et je repensais au jour où je m'y étais arrêtée par hasard. Je n'y étais pas retournée depuis cette fois-là. Je repensais à mes songes, à la confidence de ma belle-mère sur sa bagarre mystique avec ma tante. Et maintenant, j'ai ce pressentiment juste après le coup de fil d'Alan. Le minuteur du four sonna. Mon poulet était cuit à point. Je terminai mon verre d'une traite et j'ai éteint le four.

Et si je faisais un tour à l'Église de Réveil ?

J'ai porté des vêtements décents : une robe imprimée ample, allant jusqu'à mi-mollet et j'ai mis un gilet par-dessus pour couvrir mes bras nus.

Lorsque je suis arrivée à l'Assemblée Divine Céleste, contrairement à la première fois où je m'y étais rendue, il y avait beaucoup de voitures à l'extérieur. Et pas des moindres. De grosses cylindrées.

Les personnes nanties fréquentent aussi ce genre d'Église ? En tout cas, quand on cherche Dieu, on ne fait plus de chichis.

A peine avais-je franchi le portail que je vis le frère de la dernière fois venir à ma rencontre, tout sourire.

— Shalom ma sœur ! Je suis content que vous soyez venue. En plus aujourd'hui c'est un jour spécial.

— Ah bon, et pourquoi ?

— On commence un jeûne de sept jours pour la nation.

— Un jeûne pour la nation ?! Repris-je en écho, surprise.

C'était la première fois que j'entendais dire que des gens pouvaient jeûner pour une nation toute entière. Faire une prière oui, mais jeûner, non.

— Ça a l'air de vous surprendre.

— Non, mentis-je. En fait... Oui. Ça me surprend un peu, finis-je par avouer.

— C'est normal. Mais le pays est sous le contrôle de forces maléfiques et les choses de l'esprit se combattent par l'esprit.

— Effectivement...

C'est aussi pour cela que je suis venue ici...

— Ah, je ne me suis pas présenté. Je suis le frère Jacob.

— Enchantée ! Je me prénomme Elsa.

— Shalom Elsa. Bienvenue à l'Assemblée Divine Céleste, ma sœur.

— Merci.

Le frère Jacob m'a escortée jusqu'à l'intérieur de l'église et il m'a confiée à une sœur, Armande. Elle m'a installée dans une rangée assez près de la chaire. Mes voisines les plus proches m'adressèrent des shaloms ma sœur, auxquels je répondis également par un shalom.

Il faut bien que je m'y mette.

Les choristes chantaient des louanges qui m'étaient totalement inconnues, mais dont les paroles étaient remplies d'amour et de reconnaissance pour Dieu.

Je n'avais pas mis les pieds dans une église depuis combien de temps ? Deux ans ? Trois ans ? Plus ? Une chose était sûre, ça faisait des lustres. J'étais chrétienne catholique à la base. Chez mon oncle et ma tante, nous avions tous fait notre catéchisme et pris nos sacrements : baptême, première communion, confirmation.

Tous les dimanches, on allait à l'église. Et puis, les rendez-vous dominicaux pour la maison du Seigneur se sont espacés pour finalement disparaître de la liste de nos priorités. D'autres activités du week-end avaient petit à petit remplacé la messe.

Pour avoir bonne conscience, je faisais ma prière le matin et le soir en me répétant que Dieu pouvait m'entendre où que je sois. C'est vrai, mais lorsqu'on est isolé, on est plus exposé aux attaques des adversaires...

L'église de réveil, la première fois que j'y avais mis les pieds, c'était pour accompagner une amie. A l'époque, Béthanie venait révolutionner le christianisme avec ses affronts directs au diable. Dans les prières, on le débuchait, le brûlait en lui envoyant directement le feu du Saint-Esprit. Il fallait l'évincer avec force et énergie. Entendre des gens prier à haute voix, gesticuler dans tous les sens, se jeter au sol m'avaient un peu refroidie. « *C'est la manifestation du Saint-Esprit* » disait mon amie pour me rassurer.

La louange battait son plein. Le chantre, qui venait d'entonner une adoration en solo, était tout transpirant. Allongé à même le sol, il chantait les yeux fermés.

C'est la manifestation du Saint-Esprit.

Chaque parole qu'il sortait de sa bouche rendait sa transe encore plus grande. Des hommes et des femmes tombaient. Des frères et sœurs en Christ veillaient à limiter les dégâts. Les uns se positionnaient derrière ceux qui chancelaient, pour les rattraper juste à temps.

Les autres, munis de pagnes, accouraient pour recouvrir ceux et celles qui s'agitaient par terre pour éviter que toute l'assemblée ne voie leur nudité si par hasard, les démons qui les habitaient trouvaient drôle de les faire se dévêtir en plein monde.

Je me sentais plus comme à un spectacle que dans une église. Comment réussir à prier malgré tout ce ramdam ? Soudain, je me souvins de la technique que j'avais employée pour prier malgré tout ce qui pouvait bien se passer autour de moi.

Je fermai les yeux et me concentrai sur les paroles de la louange. Tout à coup, je sentis une chaleur m'envahir de la tête aux pieds. Je me mis à taper des mains et fredonner les paroles, alors que je ne connaissais pas ce chant jusqu'à mon arrivée ici. Puis le chantre se tut. J'ouvris les yeux et cessai également de chanter. A ma grande surprise, j'étais la seule à être restée debout.

C'est la manifestation du Saint-Esprit ?

Le pasteur prit le relais. Il se mit à prier avec force.

— ...Car ce n'est pas un esprit de timidité que Dieu nous a donné, mais un esprit de force, d'amour et de sagesse » 2 Timothée 1 : 7. Dans cette assemblée, il y a une femme qui souffre énormément. Son cœur saigne parce qu'elle a perdu un bébé.

Il parle de moi ? Non. C'est impossible. Il y a plus d'une cinquantaine de femmes dans cette assemblée. Pourquoi cet homme de Dieu parlerait-il forcément de moi ? En tout cas, je reste calée sur ma chaise.

— Tu as porté ton fardeau pendant trop longtemps ! Il est temps maintenant que tu te tournes vers notre Seigneur et Sauveur, ma sœur ! L'Esprit-Saint me dit que dans ton cœur, il y a encore des doutes. Le doute vient du malin. Je chasse maintenant au nom puissant de Jésus-Christ notre Seigneur et Sauveur, cet esprit réfractaire qui te retient en captivité. Confie-toi en l'Eternel, ma sœur. Décharge-toi de ce fardeau trop lourd pour toi !

Dans 1 Pierre 5 verset 7, le Seigneur nous demande de nous décharger de tous nos soucis, car lui-même prend soin de nous. Notre père céleste a donné son fils unique afin que quiconque croit en lui ait la vie éternelle ! En ayant la vie éternelle, nous sommes libérés de toute chaîne. Alors pourquoi résister ma sœur ? Accepte le Seigneur Jésus maintenant, et devient la cohéritière de Christ !

Au fur et à mesure que le pasteur parlait, je sentais un bouleversement à l'intérieur de moi. Chaque mot me touchait en plein cœur. Je repensais à mes songes. A Maman, qui m'avait remis la Bible....

— Je chasse maintenant cet esprit de doute qui t'habite au nom puissant de Jésus-Christ de Nazareth !

A ces mots, je me mis à trembler sur ma chaise. J'avais beau essayer de contrôler ces tremblements, mes efforts restaient vains.

Et moi qui croyais qu'il ne s'agissait pas de moi...

— L'Esprit-Saint me montre des attaques mystiques ! Il y a un complot qui est en train de s'organiser pour la détruire. Rabababba rotorabachara Babaraba renimana nanbababa...

Le pasteur se mit à parler en langue. Mes tremblements s'accentuèrent de plus belle. Soulevée par une force incontrôlable, je me mis debout. Et je ne sais par quel miracle, je me retrouvais dans l'allée centrale. Plus le pasteur prophétisait sur moi, plus je m'agitais dans tous les sens. Soudain, sans que je ne puisse maîtriser quoi que ce soit, mon corps tomba en arrière. La brigade antichute et anti-nudité accourut vers moi, me retenant à temps pour amortir ma chute. Et attacher solidement un pagne pour éviter que ma robe ne se soulève et que je me retrouve les fesses à l'air.

Me voici en train de me donner en spectacle devant tout le monde, bonjour la honte !

Nadia***

Une fois mes esprits recouvrés, j'ai rejoint mon staff à l'intérieur. Hervé O'ssima vint tout de suite à ma rencontre.

— Tout va bien Nadia ?

— Oui Monsieur O'ssima, ne vous inquiétez pas pour moi, tout va bien.

— Vous en êtes sûre ?

— Certaine !

J'effectuais un tour sur moi-même pour lui montrer que je tenais encore sur mes deux jambes. Même si je savais qu'il ne doutait pas un seul instant que je puisse tenir sur les jambes. Je savais aussi exactement à quoi il pensait. Il voulait faire allusion à la scène de tout à l'heure, avec Alan. Mais je préférais ne plus revenir dessus.

— Ok, si vous le dites.

Il était peu convaincu par ma réponse. Mais il accepta de se plier à mes dires. Après tout, qu'y avait-il à rajouter ? Rien.

Des numéros gagnants étaient appelés au micro. A l'appel de son numéro, Yolande sauta de joie. Elle venait de remporter un week-end pour deux personnes à La Pointe Denis.

— J'ai gagné ! J'ai gagné ! criait-elle.

Sa joie débordante faisait plaisir à voir. Mais mon cœur n'était pas vraiment là. Je ne cessais de me poser des questions sur mon comportement. Pourquoi me suis-je comportée comme une allumeuse lorsque je me suis retrouvée en présence de mon beau-frère ? Rien qu'y repenser me mettait très mal à l'aise. En réfléchissant, je me suis rendu compte que c'était la deuxième fois que cela m'arrivait. C'est comme si je ne maîtrisais plus mes faits et gestes dès que je me retrouvais en présence d'Alan.

Mon beau-frère était un bel homme certes, mais c'était le mari d'Elsa. Il m'était arrivé de le regarder et d'apprécier le bel homme qu'il était, mais sans plus. Je ne suis pas aveugle. Il est beau, c'est indéniable, mais il est et restera l'homme de ma frangine. Me retrouver dans le même lit que lui ne m'avait jamais traversé l'esprit. Moi, c'était Hervé O'ssima qui m'intéressait. Mais comment expliquer ce comportement étrange lorsque je me retrouvais en la présence d'Alan ? Suis-je victime d'un dédoublement de personnalité ou un truc louche du même genre ? Je suis restée avec mon équipe pendant une heure encore, puis je suis rentrée à la maison.

Carmen***

Je devais attendre près d'une semaine avant de toucher à nouveau à la bague que Papa Ebando m'avait donnée. Une semaine, c'était trop long ! Non seulement sa démarche avait plusieurs interdits, mais elle avait aussi beaucoup d'autres conditions sans lesquelles il n'y aurait pas de résultats satisfaisants si elles n'étaient pas remplies.

« Il faut que Nadia ou Alan ait une attirance l'un pour l'autre, sinon le fétiche ne marchera pas. », une condition qui n'a ni queue ni tête. Soit Papa Ebando est un nganga, soit, il ne l'est pas ! Et cette potion dans la crème et le parfum de Nadia, qu'est-ce que ça a donné depuis le temps même ? Rien ! Je n'ai rien vu depuis que je l'ai versée dans les produits de toilette de ma fille. Même pas l'once d'un résultat. Zéro à zéro ! Mais comment pourrait-il y avoir des résultats positifs quand Nadia n'a qu'un seul nom dans sa bouche depuis des semaines : O'ssima. Je la confie à celui que je considère comme un petit frère, pour qu'elle ait un emploi, la bonne dame

ne trouve rien de mieux à faire que de s'intéresser à lui. O'ssima va l'emmener où ? Un homme instable comme ça ! Il change de femme comme il change de caleçon. A quarante ans passés, il ne rêve toujours pas de se stabiliser. Tant que je serai en vie, il ne se passera rien entre ma fille et lui!

Je terminai de me préparer. Foulard sur la tête, ma robe caba enfilée, je sortis de la chambre. La maison était bien calme. Je n'entendais plus la voix de mon mari. Il y a quelques minutes encore, il était au téléphone.

Il est sorti sans me dire au revoir ?

Me croyant toujours en proie à ma fameuse migraine, il n'avait certainement pas voulu me déranger. Tant mieux ! On m'avait parlé d'un féticheur nigérian qui habitait vers Owendo. C'était là-bas que j'avais décidé de me rendre ce matin. Il paraissait qu'il était très fort. D'après ce qu'il se disait, les résultats avec lui étaient quasiment instantanés.

Je me réjouissais d'avance en pensant au remède qu'il me donnera. Je pourrais enfin parvenir à mes fins.

— Bonjour, Maman.

La voix encore endormie de Nadia me fit sursauter.

— Bonjour ma fille. Tu en fais une de ces têtes ! Tu vas bien ?

Je m'approchai d'elle et posai le dos de ma main sur son front pour vérifier si sa température n'était pas élevée.

— Je n'ai pas de fièvre, Maman.

Elle grimaça avant de se dégager doucement de ma main, puis elle s'installa à table en bâillant.

— Ça ira beaucoup mieux lorsque j'aurai pris un café.

— Tu as encore fait la fête hier soir ? Mon ton était plein de reproches. En guise de réponse, J'eus droit à un autre bâillement bruyant. Nadia, j'espère que tu ne t'es pas remise à faire le tour des boîtes de nuit comme lorsque tu venais de rentrer des États-Unis.

— Je n'ai pas fait le tour des boîtes de nuit comme tu le crois. Je sais que pour toi, je ne suis rien d'autre que la fêtarde qui ne veut pas se stabiliser. Oui, hier soir, je suis bel et bien sortie, mais je n'ai pas fait la fête. En tout cas, pas comme tu le penses.

— Et, ça veut dire quoi, pas comme je le pense ?

— J'étais à une soirée c'est vrai, mais une soirée à laquelle toute la boîte était conviée.

— Ah j'aime mieux entendre ça.

— Et devine qui j'ai croisé là-bas ?

— Qui ? Un de tes frères ? Me hasardai-je à demander.

— Non. Alan.

Voilà qui devient intéressant. Ça, c'est le genre de nouvelle que j'aime !

Je tirai une chaise, puis je m'installai en face de ma fille.

— Que faisait-il à cette soirée ?

— Il y était pour affaires.

Et que s'est-il passé ? Je veux savoir si la potion a marché.

Nadia versa de l'eau bouillante dans une tasse et y rajouta trois cuillerées de Nescafé. J'attendais qu'elle m'en dise plus.

— Ah ok... Et Zazou y était aussi ?

— Non, il était seul.

Elle but une gorgée de son café en grimaçant.

— Il s'est passé quelque chose d'étrange.

— Ah bon ? Et quoi ?

J'avais hâte que Nadia me raconte la suite des événements, mais j'essayais de ne rien laisser paraître de mon enthousiasme. Suspendue à ses lèvres, je priais profondément :

Pourvu que la potion ait marché, pourvu que la potion ait marché.

— Promets-moi que tu ne le diras à personne.

— Tu as ma parole ma fille, tu peux parler en toute tranquillité.

— En fait... Je ne sais pas comment te le dire...

— Tu es enceinte ?

— Non !

— Tu sors avec O'ssima !

— Non ! Mais ça me plairait bien.

Je la toisai. Et d'un ton menaçant, je lui dis :

— Ramène-moi qui tu veux Nadia, mais de grâce, épargne-moi ce coureur de jupons d'Hervé O'ssima, s'il te plait !

— Bref... Laissons mon patron là où il est.

— Tu as raison ! Je me radoucis. Que voulais-tu me dire alors ?

— J'ai remarqué quelque chose d'étrange chez moi.

— C'est-à-dire ?

— Je me comporte de manière inhabituelle à chaque fois que je me retrouve en présence d'Alan.

Je manquai de tomber de ma chaise.

Ai-je bien entendu ? La potion marcherait-elle finalement ?

Je pris une bonne bouffée d'oxygène et cachais tout sentiment de joie.

Il faut que je reste neutre. Ma fille doit m'en dire plus.

— Sois plus claire, ma fille.

Nadia vida son café et avec sa cuillère, elle racla le sucre resté dans le fond de sa tasse et le lécha. Là encore, je dus prendre sur moi pour ne pas la gifler et lui arracher tasse et cuillère, tant l'envie de savoir ce qui lui arrivait lorsqu'elle se retrouvait près d'Alan me démangeait.

— Lorsque je suis près d'Alan, je réagis comme si j'étais attirée par lui. Et ce soir, j'ai même été jusqu'à l'aguicher ouvertement. Je n'y comprends rien. C'est grave, Maman !

— Il s'en est rendu compte ?

— Oui… Si tu savais combien j'ai honte Maman… Je crois que je ne me suis jamais sentie aussi mal…

— Ah, arrête un peu de tout dramatiser. Il n'y a rien de grave. Hein ? Alan est un bel homme, tu es une belle femme. Ton corps réagit face à quelqu'un du sexe opposé, c'est tout !

— Mais il s'avère que ce quelqu'un est le mari de ma sœur, au cas où tu l'aurais oublié, Maman !

— Ah, qu'est-ce qu'on n'a jamais vu ? Il y a des hommes qui épousent plusieurs femmes d'une même famille.

— Maman !

— Je ne parle pas de vous. Je te dis juste que ça se fait.

— Tu veux dire ça se « faisait », mais je pense que même à l'époque, le gendre épousait une deuxième femme dans la même famille si son épouse venait à mourir…

— Tu connais la tradition depuis quand Nadia ?

— Depuis que je sais qu'il n'est pas normal de poser les yeux sur le mari de sa sœur... Écoute Maman, je pensais sérieusement que tu pouvais m'aider, mais je me rends compte que je me suis trompée...

Visiblement déçue elle, se leva de table.

— Attends Nanou. Pour la calmer, j'avais choisi de l'appeler par son surnom de petite fille. Elle se ressaisit de suite. Je connaissais ma fille par cœur. On va organiser le repas de famille dont on avait parlé il y a maintenant plus d'un mois. Zazou viendra avec son mari, tes frères avec leur copine respective.

— Pourquoi maman ? Pourquoi veux-tu faire ce repas maintenant ?! Pour me mettre mal à l'aise ?

— Non. Pour éviter qu'il reste des zones d'ombre entre ton beau-frère, ta sœur et toi. Après tout, le courant est toujours bien passé entre Zazou et toi ! Depuis toute petite, tu prenais déjà sa défense.

— Oui... Je m'en souviens encore... Ce serait vraiment dommage qu'on se brouille toutes les deux, maintenant que nous sommes des femmes.

— Tout se passera bien. Sois tranquille ma fille.

Un large sourire illumina le visage de Nadia. Elle se leva de sa chaise et vint me faire une grande accolade.

— Merci Maman.

Si tu savais ce que j'ai réellement en tête, tu m'étranglerais au lieu de m'embrasser...

— Nanou

— Oui Maman.

— Ne parle à personne de tout ce que tu viens de me confier. Je me charge de gérer ça.

— D'accord Maman.

Chapitre 4 : La bonne nouvelle

La veille au soir

Elsa***

Plus le pasteur prophétisait sur moi, plus j'étais en proie à des cris et des tremblements à n'en plus finir. Puis, vint enfin l'accalmie et je cessai de m'agiter.

Maintenant que j'étais revenue à moi, un sentiment de gêne me submergea, mais une petite voix au fond de moi me soufflait dans un murmure :

N'aie crainte, Dieu est au contrôle. Il prend soin de toi maintenant. Alors, ce que peuvent bien penser les personnes présentes n'a que très peu d'importance.

Je relevai alors la tête, et ne prêtai plus attention à ce que les frères et les sœurs présents dans le temple pouvaient bien penser de ma démonstration.

De toutes les façons, ils ont l'habitude de voir ce genre de réaction, non ?

Mes esprits recouvrés, mais encore un peu chancelante, je fus reconduite à ma place par une sœur en Christ chargée de la brigade anti-nudité. Si j'avais des doutes en arrivant à l'Assemblée Divine Céleste, ce n'était plus le cas après avoir été éjectée de ma chaise et m'être retrouvée allongée par terre devant tout le monde. Le Seigneur venait de me démontrer sa présence et surtout sa puissance. Grâce à cette manifestation de l'Esprit-Saint, j'avais compris qu'il fallait désormais composer avec lui. Je n'avais pas d'autre choix que celui-ci.

Lorsque la rencontre spirituelle fut terminée, tout le monde se leva et le temple se vidait peu à peu. Je préférerais attendre un peu avant de partir. Je désirais m'entretenir avec le frère Jacob ou avec la sœur Armande, celle à qui le frère m'avait confiée à mon arrivée. Je voulais connaitre la démarche à suivre pour les jours à venir.

La prophétie du pasteur venait non seulement conforter tous les songes que j'avais faits, mais aussi les attaques mystiques auxquelles avait été confrontée ma belle-mère. Il faut que je sois affermie spirituellement afin de pouvoir déjouer les plans échafaudés contre moi. Un sourire complice sur les lèvres, la sœur Armande s'approcha de moi.

— Tout s'est bien passé, sœur Elsa.

Était-ce une question ou une affirmation ?

— Oh, après mon show de tout à l'heure, je ne sais pas si on peut le dire...

— Oh que si ! Tu as vu tout ce que le pasteur a dit sur toi. C'est une grâce ! Le premier jour où tu mets les pieds au temple, la prophétie tombe sur toi. Le Seigneur attendait que tu viennes à lui ma sœur. Maintenant que c'est fait, nous allons t'accompagner dans ta démarche spirituelle.

Pendant que la sœur en Christ me parlait, je la détaillais silencieusement.

La sœur Armande était une femme de taille moyenne, assez potelée, claire de peau. Elle portait des nattes plaquées sur la tête. Son visage était dépourvu de tout artifice et sa beauté naturelle s'en passait avec plaisir. Avec sa robe qui foulait le sol, elle était à l'image de la femme chrétienne comme on en voit souvent dans les caricatures.

Son style était certainement un choix personnel, car ce soir au temple, il y avait des femmes tirées à quatre épingles, en commençant par celle que tout le monde appelle respectueusement « Maman Pasteur ». L'épouse du pasteur, elle, représentait bien l'image de la femme chrétienne moderne et prospère. Teint poncé, cheveux bien coiffés, tailleur en tissu africain, sorti de l'atelier d'un couturier aux doigts d'or. Mais avec une telle « Maman », pourquoi la sœur Armande faisait-elle de la « résistance » avec son apparence digne d'une bonne sœur ayant fait le vœu de pauvreté ? Une voix me souffla d'arrêter de m'attarder sur les apparences. Dieu ne regarde-t-il pas le cœur ? Si nous sommes parés de bijoux les plus somptueux alors que notre cœur est dur comme de la pierre et noir comme du charbon, nous ne serons pas agréables au regard de Dieu malgré notre aspect soigné.

La sœur Armande me donna le programme de la semaine. Il y avait des séances de prières tous les soirs pendant la semaine de jeûne et elle proposa que le pasteur me revoie pour ma délivrance.

Et moi qui croyais que j'en avais fini avec ça.

Elle me remit son numéro de téléphone. J'enregistrai ses coordonnées et je pris congé.

Alan Essongué ***

Quand je suis rentré à la maison, tout était dans l'obscurité. Une odeur de rôti flottait dans toute la pièce. J'allumai la lumière et je fus agréablement surpris de constater qu'Elsa avait refait la décoration.

— Coucou chérie ! Je suis là ! Je jetai négligemment mon attaché-case sur le canapé, desserrai mon nœud de cravate et me dirigeai vers la cuisine. Il n'y avait personne.

Où est donc passée ma femme ?

— Chérie, tu es là-haut ?

Aucune réponse. Inquiet, je me dirigeais vers les escaliers qui mènent à l'étage, vers les chambres. Elle est peut-être déjà couchée ? J'avais promis de rentrer à la maison avant minuit, mais je suis resté un peu plus longtemps que prévu. Il était à peine minuit et demi. Ce n'était pas si tard que ça.

En même temps, ma femme est une marmotte.

J'ouvris la porte de la chambre. A ma grande surprise, il n'y avait personne. Le lit n'était pas défait. Les draps étaient parfaitement tirés et toute la tonne d'oreillers était méticuleusement posée les uns à côté des autres.

Mais où est donc passée Zazou ? Ça ne lui ressemble pas de s'absenter sans me tenir informé. Je vais l'appeler.

Je redescendis dans le séjour. Je pris mon téléphone portable et composai le numéro de ma femme. Au moment où je lançais l'appel, sa sonnerie retentit dehors et la porte d'entrée s'ouvrit aussitôt.

— Coucou chéri ! Je suis là !

— Où étais-tu passée ? Tu m'as foutu une de ces peurs !

— Désolée... J'étais dans le quartier...

— Dans le quartier ? A pareille heure ? Mais on ne connaît personne ici au quartier Ozangué.

— Maintenant si.

Elle entra, ajusta son gilet sur sa poitrine comme si elle craignait d'attraper froid, et verrouilla la porte derrière elle.

— Tu es arrivé depuis longtemps ? Me demanda Zazou sans avoir réellement répondu à mes questions. Puis, elle s'avança vers moi, se hissa sur la pointe des pieds et m'embrassa du bout des lèvres avant de se détacher et de se diriger vers la cuisine.

— Tu dois certainement avoir faim, à moins que tu ne te sois empiffré de toasts et qu'il n'y a plus assez de place dans ton estomac pour le délicieux repas que t'a cuisiné avec amour ta gentille petite femme.

Elle m'adressa un sourire. Mais il était forcé. Puis, elle ouvrit le four et en sortit le plat en verre contenant le poulet rôti. La vue de la volaille dorée m'ouvrit automatiquement l'appétit, mais je refusai de me laisser distraire par les gargouillis de mon estomac. Ma femme me cachait quelque chose et je voulais savoir de quoi il était question.

Il n'y a jamais eu de cachoteries entre nous et je ne tiens pas à ce que ça commence maintenant.

— Non, je ne me suis pas empiffré de toasts. J'ai picoré deux ou trois mignardises lorsqu'on m'en a proposé. J'avais promis de dîner avec toi. Je n'ai donc pas mangé dehors.

Je lui pris le plat des mains et le déposai sur la table.

— Et maintenant, si tu me disais d'où tu viens, Elsa.

Elsa***

Le ton d'Alan était ferme et ne permettait pas une autre réponse esquivée. Je décidai donc de lui dire la vérité sans trop entrer dans les détails.

— J'étais à l'église.

— A l'église ?! Dit-il d'un ton légèrement agacé, mais je vis néanmoins son visage s'éclaircir. Jusqu'à pareille heure ? Quelle messe y a-t-il jusqu'à minuit ? Nous ne sommes pas à Noël que je sache. Sourcil arqué, bras croisés sur la poitrine, mon mari attendait que je développe.

Aurait-il des doutes ?

— Heu... J'étais à l'église de réveil. Tu sais, celle qui est située à l'entrée du quartier, dis-je en découpant le poulet, faisant comme si de rien n'était.

— Zazou...

Il poussa un profond soupir et se laissa tomber sur l'une des chaises disposées autour de notre table rectangulaire en acajou.

— ...Tu sais ce que je pense de ces églises de réveil...

— Oui, je sais ce que tu en penses Al, mais tu n'as pas de soucis à te faire... Crois-moi... Ce soir, j'ai éprouvé le besoin de me rapprocher du Seigneur et prier m'a fait beaucoup bien.

— Et tu ne pouvais pas prier ici ?

Je souris. Je ne vais pas rentrer dans les détails avec Alan, au risque d'entamer un dialogue de sourds.

— Non. Je ne pouvais pas prier ici, me contentais-je de lui dire sans rien rajouter d'autre.

Je pris une assiette et le servis.

— Voilà pour toi. Le service était accompagné d'un sourire qui avait pour objectif de détendre l'ambiance.

— Tu sais Zazou, je m'inquiète pour toi. Je n'ai pas du tout envie que tu tombes dans une secte gérée par je ne sais quel gourou déguisé en pasteur.

Apparemment, il faudra plus qu'un sourire pour rassurer monsieur Essongué.

— Je comprends ton inquiétude, chéri, mais sois tranquille. Tu n'as pas de soucis à te faire.

— Vraiment ?

Sourcils froncés, mon mari me regardait droit dans les yeux.

— Vraiment, répondis-je en écho. Je pris la main d'Alan dans les miennes et poursuivis : et si par hasard, je remarquais quelque chose de bizarre dans cette église, j'arrêterais d'y aller. Je t'en fais la promesse.

— Ok, je te fais confiance.

A table, je pris place en face de mon mari qui paraissait un peu plus détendu. Après avoir pris une bouchée de mon repas, je portais de l'intérêt à la soirée qu'il avait passée avec ce futur collaborateur dont j'ignorais tout.

— Et si tu me parlais de ta soirée ?

— Ça s'est bien passé, dit-il entre deux bouchées.

— C'est tout ce que tu as à me raconter ?

Pour détendre l'atmosphère, j'avais adopté un ton badin et léger. Mais mon intérêt pour les négociations entre Alan et son futur collaborateur était réel.

76

— On a réussi à trouver un terrain d'entente sur la distribution des boissons et aussi sur les tarifs.

— Intéressant.

— Au fait, ta sœur y était également.

Alan releva la tête de son plat. Ses traits étaient moins crispés, cependant son visage restait fermé.

— Ah oui ? Tu as vu Nadia à cette soirée ?

— Huumm. Elle y était avec son staff.

— Ah ok.

— Je crois qu'elle avait un peu forcé sur l'alcool.

— Ne me dis pas qu'elle a recommencé à boire !

Il y eut un silence de courte durée. Comme si Alan réfléchissait à la réponse qu'il allait me donner.

— Al ?

— Je ne sais pas si elle a recommencé à boire, mais une chose est sûre, elle était légèrement pompette, même si elle m'a affirmé le contraire. Mais Nadia est ta sœur. Tu es mieux placée que moi pour savoir si ses vieux démons sont de retour ou non.

— Tu as entièrement raison. Je m'arrangerai pour la voir dans les jours qui viennent.

Maurice ***

Pendant que Mariette et Inès-Olga étaient à la clinique, j'ai essayé d'occuper mon esprit du mieux que j'ai pu. Mais c'était peine perdue. Mes pensées voguaient toujours vers cette information cruciale pour moi.

Ino est-elle toujours pucelle ou non ?

Attendre, il n'y avait que ça à faire. Lorsque dehors, j'entendis enfin ronronner le moteur de la voiture de ma femme, je bondis de mon fauteuil et me mis à arpenter nerveusement le salon. Il me tardait de connaître la suite. Impatient, je m'avançai vers la fenêtre et je vis Léon garer le Touareg juste à côté de ma Nissan Patrol. Mariette s'extirpa du véhicule. Le pas lent, Ino la suivait.

Les nouvelles sont-elles bonnes ?

De là où j'étais, il m'était difficile de déchiffrer l'expression du visage de l'une comme de l'autre. Mariette entra à la maison la première. Je me mis à la scruter rapidement. Elle ne paraissait pas en colère. Bien au contraire, je crus même voir un sourire étirer ses lèvres.

— Ah, tu es là Maurice ! S'étonna-t-elle.

— Oui. Je vous ai entendu arriver. Vous en avez mis du temps.

— Oui. On ne nous a pas reçues tout de suite.

Ino ne tarda pas à entrer à la maison elle aussi. Après m'avoir adressé un « Bonsoir Tonton Maurice » à peine audible, elle fila droit vers sa chambre. Je reportai mon attention sur Mariette qui se laissa choir dans un fauteuil. Ma femme se déchaussa puis se massa les pieds en grimaçant de douleur. Et c'est tout naturellement que je m'assis près d'elle. Je dus me faire violence pour ne pas lui poser la question qui me brûlait tant les lèvres.

— Tu ne me demandes pas comment ça s'est passé à la clinique ?

Pour ne pas paraître trop curieux, j'éludai la question et cherchai plutôt à savoir où était passée ma belle-sœur.

— Où est Kwilu ?

— Elle est rentrée chez elle. En tout cas, elle a bien fait de ne pas revenir avec nous.

— Pourquoi dis-tu cela, chérie ?

— Figure-toi que ma sœur a fait tout un tapage sur Inès-Olga et son condisciple de classe, pour rien !

Mon cœur se mit à battre fortement dans ma poitrine.

Rien n'est perdu pour moi alors ?

Je fis des efforts surhumains pour ne pas exploser de joie. Je voulais que Mariette soit plus

79

précise. Il fallait qu'elle me confirme bien l'information sur la pureté d'Ino.

— Comment ça, Kwilu a fait du tapage pour rien ? Ses soupçons étaient fondés non ?

— Ah, laisse-moi Kwilu ! Elle a trouvé un étui de préservatif vide et ça y est, elle s'est basée dessus pour accuser la petite. Le gynécologue a examiné Ino et elle est belle et bien vierge. Je pense que Kwilu fait un transfert de sa mésentente avec Judith sur les filles.

— Et comment tu expliques l'emballage du préservatif que Kwilu a retrouvé dans le salon ?

— Cet emballage dont tu parles vient de notre collection mon cher. Je sais encore reconnaître ce que j'achète. Et laisse-moi te rappeler qu'un samedi après-midi, alors que les enfants étaient chez les voisins, nous nous sommes offert un petit coup vite fait.

— Mais je pensais que tu avais ramassé l'étui.

— Il avait dû glisser sous le canapé.

— La prochaine fois, soyons plus prudents.

— La prochaine fois, faisons nos affaires dans la chambre, c'est tout !

— En tout cas, je suis soulagé de savoir qu'Inès-Olga est toujours innocente.

— Et moi donc !

— Mais ce n'est pas parce que le gynécologue l'a déclarée vierge après examen, qu'il faut la laisser faire ce qu'elle veut.

— Il n'a jamais été question de laisser Ino faire ce qu'elle veut. Mais en même temps, il faut qu'on arrête d'être sur son dos.

Visiblement agacée par ma remarque, Mariette se redressa dans son fauteuil.

— Je ne veux plus qu'elle ramène de garçons ici en notre absence. Si Inès-Olga doit travailler avec ses camarades, ce sera en présence d'un adulte.

— Pourquoi vouloir la fliquer ? On devrait plutôt lui faire confiance. Non ?

— La confiance n'exclut pas le contrôle. C'est toi qui as l'habitude de le dire, l'aurais-tu oublié ?

— Tout cela m'a fatiguée. Je vais manger et aller me coucher, dit Mariette d'un ton las. Où sont les enfants ? Je ne les ai pas entendus depuis mon arrivée.

— Ils sont au lit.

— Tous ?

— Tous.

— Ah ça ! Tu devrais rentrer plus tôt tous les jours et t'occuper d'eux, car je constate qu'avec toi, ils sont obéissants.

Je souris à ma femme.

— C'est bien que tu reconnaisses mon efficacité, la taquinai-je.

— Tchiiip !

Elle s'apprêta à se lever.

— Reste assise, chérie, je vais te préparer un plateau repas.

Elle fronça les sourcils.

— Tu es sûr que tu vas bien, Mapangou ?

— Pourquoi cette question ?

— Ça fait combien de siècles que tu ne m'as plus servie ?

— Qu'importe ce que j'ai fait ou pas avant, Mariette. Ce soir je me sens bien, et je veux m'occuper de toi ! Et quel mal y a-t-il à vouloir bichonner sa femme ?

— Aucun. Mais avoue que c'est tout de même surprenant.

Je la gratifiais d'un baiser sur les lèvres.

— Arrête de te poser des questions et apprécie simplement mon geste.

Si seulement elle savait ce qui me met de si bonne humeur. Inès-Olga est toujours vierge !

Le sourire aux lèvres et le pas léger, j'allais préparer le plateau repas de ma femme.

Chapitre 5 : L'intime conviction

Alan***

J'ai volontairement omis de parler à ma femme du comportement de Nadia vis-à-vis de moi pendant le cocktail organisé par mes futurs collaborateurs. Je préférais ne pas mettre de l'huile sur le feu. Inquiéter Elsa ou éveiller sa jalousie pour rien, ne mènerait nulle part. Ça ne ferait que compliquer les rapports entre Nadia et elle. L'entente n'était déjà pas au beau fixe avec sa tante, je ne souhaiterais pas qu'il y ait des tensions entre les deux cousines, et encore moins entre ma femme et moi.

Nous avons terminé le diner dans une ambiance plus détendue. Puis, Elsa est montée dans notre chambre. Moi je suis resté travailler encore un peu sur le projet Rodionga avant de la rejoindre un peu plus tard.

Lorsque je suis arrivé à l'étage, la lumière tamisée enveloppait la chambre tout entière. Ma femme se tenait debout près de la fenêtre. Lorsque je la vis, mon souffle se coupa instantanément.

— Tout va bien, chéri ? J'ai l'impression que tu blêmis...

Elsa portait une espèce de longue robe de nuit en dentelle, dont les fines bretelles mettaient ses jolis bras en valeur. Le décolleté descendait jusqu'à la naissance de ses seins ronds et fermes. Mes yeux glissèrent sur elle dans une caresse sauvage. Elle ne portait rien en dessous. Juste cette robe en dentelle et rien d'autre.

Patate !

Elle se déhanchait au rythme d'une musique douce qu'elle avait pris soin de mettre avant mon arrivée. Ma femme s'avança langoureusement vers moi avec cette lueur amusée dans les yeux.

Si c'est à l'église qu'on lui a conseillé de faire cela, alors, je suis d'accord pour qu'elle y aille tous les soirs.

— Waouh ! Chérie... Tu es sublime ! Dis-je en ravalant ma salive.

— Tu viens ? M'intima-t-elle en me tendant ses bras.

Elle tourna les talons et m'offrait la vue de ses belles fesses rebondies, dont la cambrure était accentuée par les mules à talons hauts qu'elle portait élégamment.

Je rattrapai ma femme par le bras, la fis pivoter vers moi tout en lui arrachant un cri de surprise. Je la soulevai et instinctivement, elle noua ses jambes autour de ma taille. Je posai mes lèvres sur les siennes, humides et enfiévrées, lui arrachant au passage un soupir. Avec avidité, ma langue caressait la sienne, chaude et gourmande. Elle tressaillit et se lovait de plus belle contre moi. Elsa passa ses bras autour de mon cou et répondit à mon baiser avec fougue. A tâtons, ses mains cherchaient les boutons de ma chemise. Une fois que ses doigts agiles les avaient trouvés, je me retrouvais torse nu en un temps record.

— Tu as raison... C'est beaucoup mieux comme ça... Cette chemise était de trop...

— Chut... Elle posa un doigt autoritaire sur mes lèvres, avant de m'embrasser à nouveau.

Je posai ma femme sur mon bureau et remontai sa robe en dentelle jusqu'en haut de ses hanches, découvrant sa féminité. La tête à la renverse, et devinant ce que j'allais lui faire, elle se mit à respirer bruyamment. Je calai ma tête entre ses cuisses et me mis à lui lécher le clitoris avec avidité. Sa respiration saccadée et ses ongles qui s'enfonçaient dans ma tête m'encourageaient à m'appliquer davantage.

Je happais son nectar, jusqu'à la dernière goutte de sa mouille.

— Al... J'ai envie de toi maintenant... Je veux te sentir en moi...

Sans perdre une seconde de plus, je retirai mon pantalon et mon boxer à la hâte. Les yeux brillants de désir, Elsa s'attardait en voyant mon érection comme si elle me découvrait pour la première fois. Je sentis le désir se décupler en moi. Je me glissai en elle, doucement. Elle accompagnait chacun de mes coups en faisant de larges ondulations du bassin. J'étais heureux de retrouver cette complicité intime, empreinte de ce rythme effréné que je nous connaissais.

— Moi aussi, j'ai envie de toi ...

— Viens, Al...

Perdu en elle, je la prenais encore et encore et encore. Plus rien d'autre ne comptait pour moi, pour elle, pour nous. Dans une étreinte passionnée, on jouit à l'unisson.

Le lendemain ...

Maurice***

Il faut que je passe à la vitesse supérieure. Le conseil a bien voulu m'accorder deux semaines supplémentaires pour que j'accomplisse le rituel. Il ne faut pas que je les déçoive. Surtout après la frayeur que m'a infligée Inès-Olga. J'ai frôlé la catastrophe avec cette histoire d'Ino et son petit copain. Il faut que je passe vite à l'action avant que ce petit lascar ne vienne terminer ce qu'il a commencé. J'ai été adolescent moi aussi, et je sais combien à cet âge-là, on a le zob qui démange.

Mariette entra dans la chambre. Une serviette de bain attachée à la taille. Des gouttes d'eau perlaient sur sa peau couleur ébène. Elle saisit sur la commode, un flacon de lait de toilette, s'assit sur le lit, détacha sa serviette de toilette. Séduit, je regardais son beau corps nu, pendant qu'elle hydratait sa jolie peau noire.

— Mariette chérie, commençai-je en m'approchant d'elle. Si ma mémoire ne me joue pas des tours, tu as posé des jours de congés pour les vacances de Pâques ? N'est-ce pas ?

— Oui. Je serai en vacances en même temps que les enfants. Maintenant que je ne travaille plus à la clinique en plus de l'hôpital, je compte profiter et passer du temps avec les bambins. Pourquoi cette question Maurice ?

Elle me tendit le flacon de lait de toilette et me demanda de lui hydrater le dos.

— Eh bien, j'ai pensé que ça te ferait du bien de changer d'air avec les enfants pendant les deux semaines de vacances. Il y a Clara la femme de J.B qui va à Dubaï avec ses enfants. Je me suis dit que vous pourriez y aller ensemble.

— Oh Maurice ! Comme je suis contente ! Elle explosa de joie puis rajouta : Mais il y a un petit problème.

— Lequel ?

— Ino a son bac blanc juste au retour des vacances.

— Ah, c'est vrai, je n'y avais pas pensé... Mentis-je.

— Inès-Olga apprend bien, je ne voudrais pas qu'elle soit distraite par quoi que ce soit. J'ai vraiment envie d'aller en voyage, mais je n'ai pas envie de perturber Ino.

— Eh bien... Dans ce cas, elle restera avec moi.

— Mapangou, tu es sûr que tu peux rester avec Ino pendant deux semaines sans lui chercher les poux sur la tête ?

— Sûr et certain. Si ça peut te rassurer, tu peux demander à Kwilu de passer faire des tours pendant ton absence.

— Laisse Kwilu où elle est ! Pour qu'il y ait une présence féminine dans la maison et pour qu'Ino et toi n'ayez pas à faire les tâches ménagères, je demanderai à Anne-Marie de rester avec vous jusqu'à mon retour.

Mince ! Et moi qui voulais me retrouver seul avec la petite. Si la dame de ménage reste là pendant deux semaines, cela risquerait de compliquer l'équation...

— Tu crois qu'Anne-Marie pourra rester ici pendant deux semaines, sans mettre les pieds chez elle ?

J'avais terminé d'appliquer la crème dans le dos de Mariette. Nerveux, je me levai du lit faisant mine de chercher des vêtements dans l'armoire à linge.

— Oui, Anne-Marie acceptera de rester ici pendant deux semaines, mais je ne vais pas la retenir prisonnière non plus. Elle pourra rester du lundi au vendredi par exemple et les week-ends elle aura quartier libre. Le week-end, ta nièce et toi vous pourrez vous gérer non ?

Yes !

Une joie immense se répandit dans tout mon corps.

Je vais enfin parvenir à mes fins.

— Ton organisation me convient parfaitement, chérie. Je prendrai les billets d'avion dans la journée.

— Super ! Merci encore pour cette belle surprise, chéri.

— Avec plaisir, ma belle.

Joe Lawson***

Je suis sorti de la maison et j'ai conduit machinalement jusqu'au restaurant chez Baco. J'avais envie de revoir Natacha. Je désirais plus que tout établir un lien avec elle. Maintenant que je l'avais trouvée, je n'avais pas envie de la laisser m'échapper, comme je l'ai fait lorsque j'étais avec sa mère. J'avais vraiment déconné sur ce coup en laissant partir Judith sans chercher à la revoir.

Vingt-cinq ans sont passés. C'est toute une vie...
A travers la vitre du restaurant, je pus voir qu'il n'y avait pas grand monde. Quelques clients profitaient du buffet petit-déjeuner à volonté. J'aurais bien proposé à Carmen de venir bruncher avec moi, mais après les révélations de Natacha au sujet de ma femme, je préférais la tenir loin de ma fille pour le moment. Je savais

que Natacha était ma fille. Même si je n'en avais pas encore la preuve, quelque chose au fond de moi me murmurait que cette fille était bien la mienne. Et si Carmen avait écarté Judith parce qu'elle savait qu'elle était enceinte ? Elle en était tout à fait capable, il n'y avait qu'à voir comment elle a menacé Natacha lors de notre dîner de la Saint-Valentin, sans que je ne m'aperçoive de rien. Même si je comprenais ses motivations, je désapprouvais totalement sa façon de procéder. Bref, je reviendrai sur le cas de Madame Lawson plus tard.

Dès que je suis entré dans le restaurant, une odeur de sucré-salé m'accueillit. Aussitôt, mon estomac vide se mit à gargouiller. Une serveuse vint vers moi et avec un large sourire aux lèvres, elle m'orienta vers une table pour deux. Avant de prendre place, je balayai la pièce du regard à la recherche de Natacha.

— Elle est en cuisine aujourd'hui.

— Je vous demande pardon ? Fis-je, surpris par la déclaration de la jeune dame en face de moi.

— Vous cherchez bien ma collègue, n'est-ce pas ? Natacha ?

Je la fixais, étonné.

Comment a-t-elle deviné ?

Avant que je ne puisse démentir, la jeune dame rajouta :

— Je suis la personne à qui vous aviez remis le pourboire ainsi que votre carte de visite à remettre à Natacha le soir de son premier stage, le jour de la Saint-Valentin.

— Vous avez une très bonne mémoire. Fis-je en essayant de garder un ton neutre.

— Oui, j'ai une mémoire d'éléphant.

— Je vois ça.

— Je vous laisse vous servir. Et je vais dire à Natacha que vous êtes là.

— Non. Ne lui dites rien.

Elle me regarda avec étonnement, tout en arquant un sourcil.

— J'attendrai l'heure de sa pause pour lui faire savoir que je suis là.

— Elle en a pour un bon moment encore, vous savez. Natacha ne prendra pas sa pause avant midi.

— Dans ce cas, je demanderai qu'on la libère un peu plus tôt.

— Bien Monsieur. En vous souhaitant un bon déjeuner.

— Merci Mademoiselle.

Natacha***

Ma collègue est entrée dans la cuisine les bras chargés d'assiettes et de couverts sales. Après s'être débarrassée de la vaisselle, Ariane arriva vers moi tout en se dandinant à en faire bouger ses locks.

— Eh bien, dis donc, tu es en joie ! Qu'est-ce qui te met de si bonne humeur ?

— Tu le sauras bien vite.

Elle m'attira à part.

— Ariane, tu ne vois pas qu'elle travaille ? Protesta M. Asseko le chef cuistot.

— On travaille tous mon grand ! J'ai quelque chose de très urgent à dire à Natacha, je ne serai pas longue.

— Tu as deux minutes pas plus.

— Oui chef, bien chef !

Ariane fit un numéro de charme à Aymar pour l'amadouer puis me tira par le bras et m'entraina à part.

— Qu'est-ce que tu as de si urgent à me dire, Ariane ?

— Tu vois bien que je suis avec le chef, et si Monsieur Baco nous trouve en train de parler au lieu de travailler, ça va chauffer pour nous.

— Je serai sortie de la cuisine avant que Monsieur Baco ne vienne jouer au flic. Bon, tu écoutes ce que j'ai à te dire oui ou non ?

— Tu es tellement surexcitée, comment refuser de t'écouter ? Alors dis-moi, quelle est cette information capitale que tu dois absolument me donner ?

— Ton sugar Dady est là.

Je manquai de m'étrangler.

— Mon quoi ?!

— Ton Papy sexy. Le Monsieur qui t'avait laissé un super pourboire. Tu sais le sexy cinquantenaire, le super fringueur à la barbe poivre et sel ! Ne me dis pas que tu l'as oublié ?!

— Non, je n'ai pas oublié.

— Ah, tu vois !

— Et c'est à cause de lui que tu te mets dans cet état euphorique ?

— Il est là pour toi Natacha. Dès qu'il est entré dans le restaurant, il a demandé après toi.

— Qu'est-ce qu'il me veut encore ? Je pensais qu'on s'était tout dit la dernière fois.

— La dernière fois ?! Tu l'as revu entre-temps ? Fit-elle la voix stridente tout en me regardant avec des yeux arrondis de surprise.

— Oui. Mais il n'y a rien entre lui et moi.

— Petite cachotière... Badina-t-elle.

— Ce n'est pas ce que tu crois. Je suis sérieuse.

— Mais alors pourquoi veut-il te voir ?

— Je l'ignore moi-même.

— Il y a un truc que je ne pige pas.

— Ça fait plus de deux minutes !

La voix du chef vint mettre fin à notre pause kongossa.

— Il faut que j'y retourne. Et toi aussi d'ailleurs.

Ariane ne bougeait pas d'un iota.

— Moi je pense que cet homme a un faible pour toi Natacha.

— Pas du tout, affirmai-je.

— Mais pourtant...

— Ma mère et lui étaient... Intimes...

— Ah ?!

— On en reparlera pendant la pause si tu veux... Là, il faut vraiment que j'y retourne. Je suis en stage moi, ne l'oublie pas. Et je tiens à avoir une bonne note à la fin.

— Ok... Retourne bosser, je repars en salle de restauration moi aussi.

*****

On m'a autorisée à prendre ma pause plus tôt que prévu, à mon grand soulagement. Je commençais sincèrement à saturer avec toutes les informations que me donnait Monsieur Asseko Aymar, le chef cuistot. Je retirai mon tablier, m'éclipsai dans le local réservé au personnel avant que mon responsable ne change d'avis. Une fois seule, j'allumai mon téléphone portable.

Ino m'a laissé un message qui disait : « Rappelle-moi dès que tu peux, j'ai des choses à te raconter ».

Ça sent le kongossa !

Il y avait un deuxième message : celui de Monsieur Lawson. « Bonjour Natacha, je t'attends dans le restaurant. Rejoins-moi à ta pause. Merci. Joe ».

Ariane n'a pas menti. Je branchai les écouteurs sur mon téléphone portable, pris mon sac à main et sortis du restaurant par la porte de service. Au moment où je m'apprêtais à lancer l'appel pour avoir les news fraîches de Tchibanga, une voix masculine m'interrompit dans mon élan.

— Alors comme ça, tu comptais filer en douce ?

Surprise, je sursautai, avant de me retourner agacée.

— Monsieur Lawson...

— Appelle-moi Joe.

Adossé contre sa voiture les bras croisés sur sa poitrine, il donnait l'impression d'avoir tout son temps.

— Écoutez Joe, commençai-je. Ma pause est très courte. J'ai à peine le temps d'avaler quelque chose et de flâner un peu, qu'il sera déjà l'heure d'enfiler à nouveau mon tablier.

— Alors ne perdons pas de temps ! Je vous invite à déjeuner.

— Non. C'est une très mauvaise idée.

Au même moment, Ariane sortit du restaurant. En voyant le sourire qu'elle m'adressa, je compris qu'elle avait entendu Monsieur Lawson m'inviter à déjeuner avec lui. « Vas-y ! Me souffla-t-elle, ça fera des choses en plus à me raconter ».

Puis elle disparut dans une petite rue parallèle au restaurant. Monsieur Lawson ouvrit la portière côté passager et m'invita à monter dans sa voiture. Je ne me fis pas prier longtemps. Je m'engouffrai dans le véhicule, ravie d'échapper aux rayons ardents du soleil de midi. Je me laissai choir dans le siège en cuir puis j'attachai la ceinture de sécurité.

On est beaucoup mieux à l'intérieur, je l'avoue.
Je rappellerai Ino un peu plus tard.

Je rangeai mon téléphone portable dans mon sac que je posai à mes pieds. Monsieur Lawson s'installa au volant de sa Porsche Cayenne noire. Lunettes de soleil aux yeux, il se retourna vers moi, visiblement satisfait.

— On va où ? Demandai-je avant qu'il ne démarre.

— Je t'aurais bien invitée ici.

Je fronçai mes sourcils. Il reprit aussitôt :

— Je me doute que tu n'aurais pas été à l'aise en déjeunant sur ton lieu de travail.

— Pas faux. Allons au quartier Louis, on trouvera bien un restaurant. Ce n'est pas ce qui manque là-bas.

— Ok.

On roulait depuis un petit moment déjà. Pour masquer le silence qui régnait dans l'habitacle, Monsieur Lawson avait mis un cd du chanteur Mackjoss.

— C'était le chanteur préféré de Maman ! M'exclamai-je.

— Je sais… Dit-il sans quitter la route des yeux.

— Mais dites-moi Monsieur Lawson, que me voulez-vous au juste ?

— Je veux simplement que nous soyons amis. Je pense que Judith aurait apprécié que nous soyons en bons termes.

— Et votre femme ? Vous croyez qu'elle apprécierait que vous me fréquentiez ?

— Ce que Carmen pourrait penser m'importe peu.

Une vague de satisfaction m'emplit la poitrine. Pour la première fois, je sentis que ce Monsieur pouvait s'affirmer face à son épouse. Jusque-là, je l'avais pris pour le toutou de cette femme acariâtre. S'il avait réagi comme ça lorsqu'il sortait encore avec Maman, il aurait pu être mon père... Joe Lawson, mon père.

Me voici en train de rêver. Moi l'orpheline sans le sou. Je me mets à imaginer que j'aurais pu être la fille de cet homme à l'apparence soignée, et visiblement plein aux as.

Je le regardais du coin de l'œil pendant qu'il fredonnait la chanson préférée de Maman. « Personne ne te ressemble, bien sûr, il y a jolie fille... Maria... ». S'il avait été mon père, Maman n'aurait pas vécu comme une misérable avec toute sa progéniture. D'ailleurs, si Joe avait été mon père, elle n'aurait pas eu besoin de papillonner à gauche et à droite avec à chaque fois une grossesse en prime. S'il était mon père, j'aurais étudié. Je n'aurais pas eu besoin de vendre mes charmes pour faire manger mes frères et sœurs... Si Joe Lawson était mon père... *Stop Natacha ! Arrête de rêver. Joe Lawson n'est pas ton père.*

— C'était votre chanson à tous les deux ?

Surpris par ma question, il cessa de chanter.

— Pourquoi cette question ?

Je haussai les épaules.

— Les personnes qui sortent ensemble ont souvent une chanson préférée, un endroit fétiche, un truc dans ce genre. Et je vous imagine bien Maman et toi quelques années en arrière.

Ma mère était fleur bleue, mais manque de pot pour elle, ses histoires d'amour étaient toutes plus dramatiques que romantiques. Peut-être qu'avec vous c'était différent ?

Joe se tourna vers moi un bref instant. Je vis passer une ombre de nostalgie sur son visage, puis il se concentra à nouveau sur la route.

— C'était notre chanson en effet.

— Le contraire m'aurait étonné.

— Et toi, qu'elle est la chanson que tu partages avec ton amoureux ?

— Je n'ai pas d'amoureux. Je n'en ai jamais eu... Je n'ai pas le temps pour tout ça. Ma vie ne laisse pas de place à la rêverie. Vous avez déjà entendu dire que la vie est un combat ?

Joe hocha la tête.

— Eh bien, je suis la personne dont la vie illustre à merveille cette phrase. J'ai passé mon enfance, mon adolescence et maintenant ma vie d'adulte à me battre. J'ai dû batailler pour manger, pour dormir, pour soigner ma mère, pour m'occuper de mes frères et sœurs... Toute ma vie, je n'ai connu que ça. Sans oublier le rejet et le mépris dont j'ai souvent été victime...

— Tu parles comme si tu étais une vieille dame et que ta vie était terminée. Je te rappelle que tu as à peine vingt-cinq ans, Natacha.

— Si vous saviez ce par quoi je suis passée, vous me comprendriez...

Je regardais par la fenêtre. Joe ne pouvait pas comprendre. Dans son monde à lui, tout était beau. Tout sentait la rose.

— Nous sommes au quartier Louis.

— Bien. Je te laisse choisir le restaurant.

— Tenez, garez-vous là !

— Où ?

— Devant l'Hôtel de Louis, il paraît qu'on y mange bien. C'est une amie, Gwenaëlle Quentin, qui m'en a fait les éloges.

— Ok.

Joe stationna juste devant le restaurant, arrêta le moteur, fit le tour de la voiture et m'aida à descendre du véhicule.

— Après vous, Mademoiselle.

— Merci.

Bon, ce n'est pas tout, mais j'ai vraiment faim et je compte bien manger.

Chapitre 6 : En avoir le cœur net

Carmen***

Après la révélation que m'avait faite Nadia, je me rendis compte que le travail de Papa Ebando commençait à porter des fruits. Mais je n'allais pas rester là à attendre patiemment que les choses se fassent à la vitesse de la tortue. J'allais donner un coup de boost à tout ça. Avant que ma fille ne vienne me retrouver dans la cuisine et qu'elle me parle de ses agissements étranges lorsqu'elle se retrouve près de son beau-frère, j'avais déjà pris la décision d'aller voir le féticheur nigérian dont on m'avait parlé.
Je sortis donc de la maison prétextant à Nadia, des courses à faire.

Pour éviter les embouteillages, j'empruntais un raccourci, mais plusieurs automobilistes désirant rejoindre le bord de mer avaient pensé comme moi. Conclusion, je me retrouvais coincée dans un bouchon monstre.

— Et zut !

En regardant par la fenêtre, il m'a semblé reconnaître la voiture de Joe, mais j'étais encore trop loin pour affirmer que la Porsche Cayenne noire garée devant le restaurant l'Hôtel de Louis était bien celle de mon mari. La file de voitures avançait tant bien que mal. De là où j'étais à présent, je pouvais voir la plaque d'immatriculation.

— C'est bien la voiture de Joe ! Que fait-il ici ?

Au même moment, j'aperçus mon mari qui sortait du restaurant en compagnie d'une dame.

— Joe en compagnie d'une femme ! Il ne m'a pas parlé de ce déjeuner. Habituellement, mon mari me dit tout. Pourquoi ne m'a-t-il pas mise au courant ? Me trompe-t-il ?!!!

Comme une écervelée, je me mis à klaxonner pour que les voitures devant moi avancent plus vite. Mais c'était peine perdue. Personne ne pouvait bouger. Le cœur en feu et les nerfs à vif, je sentais la colère et la jalousie me consumer de l'intérieur, avec une violence sortie tout droit de l'enfer.

— Joe ne peut pas me faire ça ! Il ne peut pas me trahir de la sorte ! C'est faux !

Je descendis de voiture et me mis à courir pour tenter de rattraper le couple adultérin.

— Joe ! Joe Lawson ! Joe ! Hurlais-je à m'époumoner.

J'avais beau crier à me casser les cordes vocales, mon mari ne m'entendait pas du tout. Les bruits environnants étaient beaucoup trop forts. Ils couvraient ma voix.

Des passants me demandaient si tout allait bien. Certains voulaient me venir en aide, pensant que je courais après un voleur. Je les ignorais tous et restais concentrée sur mes cibles : Joe et la dame. Essoufflée, je m'arrêtais pour reprendre ma respiration. Et c'est à ce moment-là que je vis Joe sourire tendrement à la jeune femme, avant de lui ouvrir la portière avec galanterie. Lorsque cette femme se détacha de mon mari, tout sourire, je reconnus immédiatement la serveuse que j'avais menacée au restaurant Chez Baco, le soir de la Saint-Valentin.

— Je savais ! Je savais qu'il se tramait quelque chose entre ces deux-là ! Je le savais !

Je repris ma course folle. En vociférant. Je criais le prénom de mon mari sans succès. Mais Joe ne m'entendait pas. Sans accorder le moindre regard dans ma direction, le bon monsieur grimpa dans sa voiture et démarra. Essoufflée, mais surtout furieuse, je retournai à ma voiture.

Je me chargerai de cette petite peste qui tourne autour de Joe plus tard. Pour l'instant, je vais à Owendo.

Natacha***

Joe stationna dans la petite rue qui donnait sur l'arrière du restaurant.

— Voilà Mademoiselle, nous sommes arrivés.

Il se tourna vers moi, le visage ravi.

— Merci encore pour ce repas, Joe.

— C'était un véritable plaisir de passer ces quelques heures en ta compagnie.

Le sourire qu'il affichait était franc et plein de reconnaissance. C'était vraiment important pour lui que j'accepte cette invitation. Quant à moi, je me sentais plus détendue que tout à l'heure, lorsque le quinquagénaire m'avait attendue devant la porte de service de mon lieu de stage. Passer ces deux heures avec l'ami de ma mère m'avait finalement fait du bien.

J'étais moins sur la défensive.

Cet homme était tout ce qu'il y a d'aimable. Non seulement il était soigné, élégant, mais il était aussi prévenant, à l'écoute et rempli d'empathie. Je comprenais pourquoi Maman était tombée sous son charme.

Pendant le déjeuner, il m'a parlé de lui et de Maman, de leur histoire. Je l'avais écouté religieusement, découvrant ma mère sous un autre angle. Joe n'avait pas arrêté de parler d'elle avec des superlatifs de supériorité. Pour lui, Maman était la plus belle femme du monde. Ils se sont aimés d'un amour fou, le genre d'histoire qu'on lit dans les livres à l'eau de rose ou qu'on ne voit qu'au cinéma. Mais Joe étant marié, Maman avait préféré mettre un terme à leur relation. Et Joe n'avait pas essayé de la retenir, ni même cherché à la revoir... Je trouvais cela dommage. Mais c'était compréhensible. Joe était marié et ma mère était la maîtresse. Ces relations-là ne sont pas faites pour durer ...

— Je te redonne mon numéro de téléphone. Joignant le geste à la parole, Joe sortit une carte de visite de la boîte à gants et me la tendit.

— J'essaierai de ne pas l'égarer cette fois-ci. Je pris la carte de visite et la rangeai dans mon portefeuille.

— N'hésite pas à m'appeler en cas de besoin.

— Ce n'est pas tombé dans l'oreille d'une sourde. Répondis-je en souriant. Merci encore pour tout.

Je détachai la ceinture de sécurité et m'apprêtai à descendre du véhicule quand Joe me proposa de me recoiffer.

— Tes cheveux sont emmêlés. Tes collègues risqueraient de penser à autre chose en te voyant revenir.

— Et ça a déjà commencé.

— Vraiment ? fit Joe étonné. Je disais cela pour rigoler. Il y en a qui croient réellement que je te courtise ?

J'éclatai de rire. En temps normal, je me serais fâchée. Savoir qu'on pouvait jaser sur moi ne m'a jamais enchanté, mais la tête que Joe affichait à ce moment-là était tellement drôle, que je ne pus m'empêcher de me marrer.

— Je pourrais être ton père !

— Certains pensent que tu pourrais être mon Sugar Daddy.

— Ton quoi ?!

— Mon Papa gâteau, mon chèque, mon financier, en un mot. Un homme qui sort avec une femme bien plus jeune que lui, et la couvre de cadeaux.

— Je trouve ça répugnant. Tu pourrais être ma fille !

— On voit tellement de couples avec un grand écart d'âge, ça ne choque plus personne.

— Moi si. Tiens, recoiffe-toi.

Il me tendit une brosse à cheveux.

— Tu te trimballes avec une brosse à cheveux dans ta voiture ? Mais pourquoi ?

Je partis dans un rire franc, avant de prendre la brosse à cheveux si gentiment proposée par Joe. Puis, je sortis mon miroir de poche de mon sac à main et me recoiffai rapidement avant de lui rendre sa brosse.

— Alors comme ça, la rumeur dit que je suis un Sugar Daddy. Joe secoua la tête, dépassé.

— Relax Joe ! On appelle ça le kongossa. Ça occupe les gens. C'est le manque de distractions qui fait qu'on s'intéresse à la vie des autres, en faisant parfois courir des rumeurs.

Je détachai la ceinture de sécurité et ouvris la portière.

— Je vais y aller.

— A bientôt Natacha.

— A bientôt Joe. Et merci encore pour le déjeuner, Sugar Daddy ! Lançai-je en riant avant de m'éloigner de la Porsche Cayenne noire.

Inès-Olga***

Le matin, avant que je n'aille au lycée, Tantine Mariette est venue me trouver dans ma chambre pour me parler de ce qui s'était passé la veille. Elle était désolée d'avoir suivi Tantine Kwilu dans sa folie (pour reprendre son expression) et d'avoir douté de moi. Je me sentais mal à l'aise, car même si Jordan et moi ne sommes pas allés jusqu'au bout, nous avions bel et bien l'intention de faire l'amour. J'avais menti pour sauver ma peau. Et aujourd'hui, je n'avais pas d'autre choix que de garder la même version de l'histoire.

Tantine Kwilu ne m'aime pas. Elle s'acharne sur moi parce qu'elle me déteste. Jordan et moi nous n'avons fait que travailler, c'est tout. Et puis la visite chez le gynécologue n'a-t-elle pas prouvé que je suis bel et bien vierge ?

— Comme tu dois t'en douter, commença ma tante, ton oncle et moi avons discuté tous les deux de ce qui s'est passé hier... Et nous avons décidé que tu ne reçoives plus tes camarades de classe du sexe opposé lorsque tu es seule à la maison. Si tu dois travailler avec ce jeune homme... Comment il s'appelle déjà ?

— Jordan.

— Ok. Je disais donc que si tu dois à nouveau travailler avec Jordan ici, il faudrait que moi, ton oncle Maurice ou Anne-Marie la dame

109

de ménage, soyons là. Tu ne recevras plus Jordan ici lorsque tu es seule, tu m'as bien comprise ?

— Oui Tantine.

— Plusieurs personnes dans la famille, en commençant par ma sœur Kwilu qui est ta tante, pensent que je commets une erreur en misant sur toi. Je crois en toi Inès-Olga. Ne me déçois pas.

— Tu ne seras pas déçue, Tantine Mariette.

Elle me remit l'argent pour le taxi et sortit de ma chambre. La démarche de Tantine Mariette m'a touchée. Pendant un bref instant, je fus en proie à un sentiment de culpabilité, lorsque je repensai à Jordan et moi nus et excités...Vite fait bien fait, j'ai chassé tout remord, j'ai avalé la véritable version des faits et je l'ai tapie au fond de mon ventre.

Ne pas décevoir Tantine Mariette, voilà ce qui m'importe désormais.

*****

La sonnerie annonça la fin des cours et le professeur de philosophie quitta la salle de classe après nous avoir donné un devoir de maison à rendre deux jours plus tard. Jordan qui préférait s'asseoir au fond de la classe vint me rejoindre au premier banc.

— Salut.

— Bonjour.

Je rangeai mes cahiers, sans lui adresser la moindre attention. Et alors que j'avais tout rangé, je gardais quand même la tête dans mon sac à dos. Je n'osais pas affronter Jordan. Le regarder droit dans les yeux après ce qui s'était passé entre nous la veille, me mettait mal à l'aise.

— Qu'est-ce qui ne va pas, Ino ?

— Tout va bien…

Je fermai mon sac à dos et levai enfin les yeux vers Jordan. De son regard profond, il me scrutait intensément. Une vague de colère passa sur son visage. Même fâché, il restait beau.

— « Tout va bien ? » Si tout va si bien que ça comme tu le prétends, alors pourquoi tu m'évites depuis ce matin ?

— Je ne t'évite pas ! Protestai-je.

— Si.

— C'est faux ! Mentis-je.

— Alors pourquoi pendant la récré, tu es restée en classe ? Alors que nous passons toutes nos récrés ensemble toi et moi et ce, quasiment depuis le début de l'année ?

— Je révisais…

— Ça, c'est ce que tu dis… Je sais qu'il y a autre chose, Ino et j'ai besoin de savoir quoi.

Je n'avais pas envie de lui parler de la visite chez le gynécologue. Jordan ne savait pas que j'étais encore vierge. Je ne lui avais rien dit, car j'avais peur qu'il change d'attitude vis-à-vis de moi. Je craignais qu'il me trouve vieux jeu, et qu'ils s'intéressent à ces filles déjà actives qui ne cessaient de lui courir après.

— Pourquoi es-tu si fuyante Inès-Olga ?

— ...

Jordan s'assit sur la table, les bras croisés sur son torse, il attendait que je réponde à la question qu'il venait de me poser.

— Après ton départ de chez moi, ma tante Kwilu a appelé ma tutrice Tantine Mariette et lui a demandé de rentrer illico presto et elle lui a raconté que toi et moi avons couché ensemble...

— Mince ! Je suis vraiment désolé, Inès-Olga. Je ne voulais pas te causer de problème...

— Tout est arrangé.

— C'est vrai ?

— Oui.

— Ça me rassure. Et comment as-tu fait ?

— J'ai dû pleurer, me lamenter pour que ma tutrice soit de mon côté. J'ai juré que toi et moi n'avons rien fait d'autre que réviser nos cours.
Il écarquilla les yeux.

— Il était hors de question que je laisse Tantine Kwilu me casser auprès de sa sœur. Tout ce qu'elle espère c'est que je fasse un faux pas et que Tantine Mariette me mette dehors. Tantine Kwilu est sans pitié. Elle n'a pas hésité à chasser ma grande sœur Natacha de chez elle...

— Mais pourquoi est-elle aussi méchante ?

— Si seulement je le savais...

La voix radoucie, Jordan me caressa la joue.

— Et c'est quoi la suite pour nous deux ?

— Nous deux ? ... Répétais-je en écho.

— Oui, nous deux...

Il me fixa intensément. Dans la prunelle de mes yeux, il voulait lire une réponse sincère. Je soutins son regard en prononçant ces mots :

— J'ai promis à Tantine Mariette de ne pas la décevoir.

— Et qu'est-ce que cela signifie, Ino ? Tu veux qu'on arrête de se voir ?

Arrêter de voir Jordan signifierait : ne plus parler et rire avec lui pendant des heures, ne plus rentrer du lycée ensemble, ne plus sentir la douceur de ses baisers sensuels sur ma peau enfiévrée... Était-ce vraiment ce que je voulais ? La réponse était non. J'aimais Jordan, ce que je ressentais pour lui était tellement fort, enfin, c'est ce que je croyais. Mais j'avais aussi promis à ma tante de rester sage.

— Non, Mais...

— Mais ?

— On devrait se concentrer sur notre examen pour le moment, Jordan. Après le bac, on sera plus libre.

Mâchoires serrées, il me regardait en silence, pendant d'interminables secondes.

— Tu ne dis rien ?

— Tu as raison, on ferait mieux de rester concentrés sur la préparation du bacho.

Le bac. Voilà ce à quoi on devait s'accrocher. Une fois affranchis, nous pourrons aisément jouir de notre liberté.

Joe***

Après un dernier coup d'œil jeté dans le rétroviseur, j'ai quitté le restaurant chez Baco assez content d'avoir passé du temps avec Natacha. Ce qui me mettait le plus de bonne humeur dans tout ça, c'était cette complicité naissante entre la fille de Judith et moi. Je l'ai sentie moins méfiante pendant tout le déjeuner et elle a confirmé qu'elle était désormais à l'aise avec moi, en me taquinant juste avant de partir.

A nous voir, on aurait dit un père et sa fille. Une voix au fond de moi m'intimait que Natacha était ma fille.

Pendant le déjeuner, je l'avais regardée à la dérobée par moments, cherchant des signes de ressemblance physique avec moi. Quelque chose qui m'aiderait à affirmer que cette jeune femme était le fruit de mes entrailles. Mais elle a tellement tout pris de sa mère que rien d'apparent n'a pu conforter mes espérances.

Mais je serai bientôt fixé. Ce n'est plus qu'une question de temps.

Satisfait, je regardais les cheveux de Natacha accrochés à ma brosse. Il ne me restait plus qu'à envoyer tout ça dans un laboratoire d'analyses pour le test de paternité.

Je rangeai minutieusement ma brosse à cheveux dans la boîte à gants. Je sortis mon téléphone portable et appelai le laboratoire où travaillait ma cousine pour qu'on me donne la démarche exacte à suivre.

— Estuaire Lab, bonjour,

— Bonjour Madame, je souhaiterais parler à Mme Nzimbou.

— Qui dois-je annoncer, s'il vous plait ?

— M. Joe Lawson.

Je fus mis en attente pendant un bref instant avant que la voix de ma cousine ne se fasse entendre au bout du fil.

— Bonjour Sonia.

— Bonjour Joe. Quel bon vent t'amène ?

— J'ai besoin de toi, ma chère.

— En quoi puis-je t'aider ?

— J'ai besoin de faire des analyses, mais avant, je voudrais savoir si tu es au labo.

— J'y suis.

— Ok. Ne bouge pas s'il te plaît, j'arrive tout de suite.

— Tout va bien Joe ?

— Ça ira mieux une fois que j'aurai fait ces tests.

— Tu m'as l'air préoccupé...Viens me retrouver au labo pour qu'on en parle de vive voix.

Chapitre 7 : Chacun fait son petit métier

Joe***

Aussitôt arrivé au laboratoire d'analyses médicales, situé au quartier Glass, je me suis directement rendu dans le bureau de ma cousine.

— Joe, mon frère ! Entre donc !

Un sourire lumineux irradiait son visage rond. En me voyant approcher vers elle, Sonia se leva aussitôt pour me faire une accolade.

— Samba !

— Samba ! Ça fait un bail mon frère.

— Oui, en effet. Comment vont les enfants ? Ils se portent bien.

— Et mon beau-frère ?

— Il va bien également. Mais tu sais que tu peux passer à la maison quand tu veux, mon frère. Ma maison t'est ouverte à toi ainsi qu'à toute la famille. Chez moi, il n'y a aucune restriction, tu sais. Je ne suis pas comme ma belle-sœur Carmen qui n'aime pas voir les gens chez elle.

— Sonia ...

Je me grattai le front, gêné par cette remarque.

— Sois tranquille mon frère, les grimaces de ta femme ne nous font plus rien. Nous sommes immunisés contre le mauvais comportement de Carmen envers sa belle-famille. Mais sache que, si nous ne venons pas nous imposer chez toi, c'est simplement par respect pour toi et non parce que nous craignons Carmen. Qu'elle se le dise bien ! Assieds-toi et parle-moi de ce qui te préoccupe.

— J'ai besoin que tu réalises un test ADN pour moi.

— Un test ADN ?! Mais pourquoi ?! Douterais-tu de la paternité d'un de tes enfants ?! Ne me dis pas que Carmen t'a trompé !

— Non, Carmen n'a rien fait...

— Mais pourquoi veux-tu faire un test ADN alors ?

— Je crois que j'ai un enfant dehors... Une fille...

— Attends Joe... Tu es en train de me dire que tu as une maîtresse et que tu l'as enceintée ?! Les préservatifs existent, mon cher frère !

— Sonia, écoute-moi s'il te plait...

— Non Joe, je n'ai pas envie de t'écouter ! J'ai beau être ta sœur, mais je ne peux pas accepter un tel comportement. Je fais la chasse à ton beau-frère à la maison et voilà que toi mon frère, tu sors avec des femmes sans te protéger ?! Carmen a beau être comme elle est, elle ne mérite pas que tu lui ramènes des saletés de dehors !

— Sonia... Est-ce que tu me permets de t'expliquer la situation ?

— Je n'ai pas fini ! Tu as une liaison avec une femme et elle veut te refourguer un bambin, dont tu n'es pas sûr d'être le père, c'est ça ?! Méfie-toi des jeunes filles de maintenant Joe ! Elles sont prêtes à tout pour parvenir à leur fin ! Je te le dis mon frère !

Sonia criait plus qu'elle ne parlait. Elle pointait vers moi un index menaçant, ses yeux si pétillants de joie à mon arrivée dans son bureau, avaient viré au rouge sang. Les bracelets multicolores qui ornaient ses avant-bras n'étaient plus de somptueux bijoux du tout. Ils s'étaient transformés en instruments de torture auditive. Ces petits cerceaux en or s'entrechoquaient à chaque mouvement que faisait Sonia avec ses bras. Ils cliquetaient bruyamment accompagnant ses paroles réprobatrices. Telle une rappeuse en pleine représentation, ma cousine alignait les mots les uns après les autres, sans marquer de pause. Je n'avais qu'une chose à faire : attendre qu'elle ait fini de déverser sur moi toute sa colère. Tenter de la calmer maintenant ne servirait à rien. Elle crierait plus que ça. Je m'énerverais, et le dialogue entre elle et moi serait totalement impossible. Les bras croisés sur ma poitrine, assis au fond de mon siège, j'attendais qu'elle soit un peu plus calme et ouverte à la discussion.

— Qui est donc cette femme qui te fait tourner la tête, au point que tu lui fasses un gosse, dont tu n'es même pas sûr d'être le géniteur ? Finit-elle par dire d'un ton certes teinté de reproches, mais beaucoup plus enclin à l'échange.

Un rictus se dessina sur ses lèvres maquillées.

Vive la solidarité féminine !

Malgré le mauvais caractère de Carmen, Sonia venait de se montrer farouchement solidaire envers ma femme.

— Tu veux dire, qui était cette femme...

— Ah ! Parce que vous n'êtes plus ensemble ? Qui a mis un terme à la liaison, elle ou toi ? Laisse-moi deviner, Carmen a tout découvert et tu as été obligé de rompre.

— Ton scénario est fort plausible, mais nous sommes loin de tout ça.

— Que s'est-il alors passé ?

Le ton piquant de Sonia s'était un tout petit peu radouci.

— J'ai effectivement eu une relation extra conjugale avec une femme, mais c'était il y a vingt-cinq ans. Il y a quelques mois, alors que je dînais au restaurant avec Carmen, j'ai rencontré une jeune serveuse qui ressemblait comme deux gouttes d'eau à cette femme. Et il s'avère que la jeune femme en question est la fille de la femme avec qui j'ai eu une liaison... Je pense que cette jeune femme pourrait être ma fille... Quelque chose au fond de moi me dit que je suis son père. Je suis venu te voir pour faire le test ADN afin que je sois définitivement fixé. J'ai besoin de connaitre la vérité Sonia...

Ma cousine me regardait bouche bée. Elle voulut parler, puis se ravisa. C'est comme si elle était soudain à court de mots.

— Waoouh ! On aurait dit une histoire comme on en voit au cinéma ! Finit-elle par sortir.

— Sauf que nous ne sommes pas au cinéma ma sœur. Il s'agit bel et bien de ma vie. Est-ce que je peux compter sur toi pour faire ce test de paternité ?

— Ai-je le choix, Joe ?

— On a toujours le choix, et tu le sais.

— Bien sûr que je vais t'aider. Comment comptes-tu t'y prendre avec cette jeune femme pour les prélèvements ? Car il nous faut soit sa salive, soit ses cheveux, soit sa sueur ou son sang. On devra te prélever aussi puis on analysera votre ADN à tous les deux.

— J'ai déjà tout ce qu'il faut.

Les yeux ronds, Sonia me regardait, étonnée.

— Que veux-tu dire par : j'ai déjà ce qu'il faut ?

— J'ai réussi à avoir ses cheveux.

Sourcil arqué, Sonia me regarda surprise.

— Et il est inutile de te demander comment tu t'y es pris ? Mais laisse-moi te dire que pour réaliser ce test, ce n'est pas la tige du cheveu qui est importante. Il me faudrait des cheveux entiers de cette jeune femme.

 C'est-à-dire des cheveux arrachés depuis la racine. On doit y voir le bulbe. Et il m'en faudrait une bonne dizaine à peu près.

— Crois-tu qu'il y a là plus de dix cheveux arrachés depuis la racine ? Dis-je en posant la brosse à cheveux sur le bureau.

— Eh ben dis donc, avec toi je vais de surprise en surprise !

Sonia prit la brosse. Après avoir regardé minutieusement les cheveux accrochés, elle dit :

— Il y a de quoi faire. On va également prélever ton ADN.

— Ok. Et quand aurai-je les résultats ?

— Dans quatre ou cinq jours.

— Ok.

— Si cette jeune femme est ta fille, je n'ose pas imaginer la réaction de Carmen lorsqu'elle l'apprendra.

Elle éclata de rire.

— Ah là là ! Sacré Joe !

A Tchibanga...

Inès-Olga***

Tonton Maurice était rentré à la maison de bonne heure. A mon grand étonnement, il s'était montré très gentil envers moi. Pour la première fois depuis que j'étais chez eux, il s'est assis à côté de moi et a entamé une conversation. J'étais un peu sur mes gardes au début, car je me demandais ce que son attitude pouvait bien cacher. Puis, au fil de la discussion, j'ai fini par me détendre et ne voir en lui que l'oncle qui tente de se rapprocher de sa nièce. Il voulait savoir comment se passait la préparation du bac blanc.

Il m'avait même félicitée pour mes résultats du premier trimestre.

Nous sommes au milieu du deuxième trimestre, il était temps qu'il se réveille.

Nous avons parlé de choses et d'autres, puis mon oncle a voulu savoir si Jordan et moi on sortait ensemble. Sa question m'a déroutée. Je me suis demandé pourquoi il était soudain si sympathique envers moi, lui qui m'a toujours considérée comme la bouche en plus à nourrir. Le voilà qui jouait à l'oncle le plus cool de tous les temps.

Pour toute réponse concernant ma relation avec Jordan, je lui ai dit que nous étions tout juste amis et rien d'autre. Après les accusations de Tantine Kwilu et ma visite chez le gynéco, je comprenais que mon oncle ait eu envie d'en savoir plus. Mais parler de mon copain avec Tonton Maurice, même si j'ai nié avoir une relation autre qu'amicale avec le fils Mabika, me paraissait déplacé. Je suis sûre qu'il voulait me tirer les vers du nez. Même si je devais avouer à quelqu'un qu'il y avait eu plus qu'un baiser entre Jordan et moi, mon oncle serait la dernière personne à qui je le dirais.

J'ai inventé une excuse et je me suis éclipsée dans ma chambre. Une fois dans mon espace, j'ai rappelé Natacha pour lui raconter tout ce qui m'était arrivé depuis le flirt poussé avec Jordan en passant par les accusations de Tantine Kwilu, la visite chez le gynécologue et maintenant la gentillesse soudaine de Tonton Maurice.

— Sois sérieuse Ino. Tu sais que tu dois obtenir ton bac pour venir me retrouver à Libreville. Ne gâche pas tout s'il te plait... Je veux bien comprendre qu'à ton âge tu aies un petit copain, mais ta priorité, c'est le bac !

— Je sais...

— Je ne suis peut-être pas une grande sœur modèle, mais pour avoir baissé ma culotte trop tôt, je peux affirmer que tu ne raterais pas grand-chose, si tu attendais encore un peu avant de te donner à Jordan. Surtout que cette sorcière de Tantine Kwilu attend juste que tu fasses un faux pas pour convaincre Tantine Mariette de te mettre à la porte.

— Justement, parlant de Tantine Kwilu, est-ce que tu sais pourquoi elle nous déteste tant ?

— Non.

— Elle jalousait Maman apparemment...

— Je m'en doutais ! Mais attends un peu, pourquoi jalousait-elle Maman, alors qu'elle a toujours tout eu pour elle ?

— Je me suis posé la même question. Si on fouille bien, on se rendra certainement compte que c'est une histoire qui remonte à leur jeunesse. Peut-être qu'elles ont convoité le même homme !

— En tout cas, si Tantine Kwilu cache quelque chose, on finira bien par le découvrir.

— Comme tu dis ! Et sinon toi comment tu vas ? Et tes cours ?

Ma sœur m'a raconté son déjeuner avec l'ancien amoureux de Maman : Joe. D'après ce qu'elle m'a dit de lui, il a l'air sympathique. Si on l'avait connu avant que notre mère ne décède, il nous aurait peut-être aidés...

Ma sœur et moi avons papoté encore pendant un petit moment et puis j'ai raccroché.

Carmen***

Mon entrevue avec le féticheur nigérian n'a pas été longue. Je lui ai expliqué ce que je désirais et il m'a vendu un philtre d'amour. Une potion préparée à l'avance. A en juger par la quantité de bouteilles qui trinquaient sur son étalage, la demande de ce produit était forte.

Uche m'avait garanti qu'une fois la potion consommée, les effets seraient instantanés. Nadia et Alan devraient en boire tous les deux. Pour obtenir des résultats positifs, il faudrait qu'ils en boivent le même jour.

Respecter le dosage, voilà ce qu'il n'avait cessé de me répéter. Il suffira de verser quelques gouttes de cette potion dans une boisson destinée à tous les deux, pour qu'ils soient éperdument épris l'un de l'autre.

Quant à Elsa, dès que son mari aura bu le philtre, il se détournera automatiquement d'elle et il ne lui resterait plus qu'à libérer le périmètre. Le philtre d'amour bien enfoui dans mon sac, j'ai remercié Uche et je suis partie. Maintenant que j'avais fini avec le féticheur, j'allais enfin pouvoir m'occuper de cette petite serveuse qui tournait autour de mon mari.

Cette jeune femme croit vraiment qu'elle peut venir jouer sur le même terrain que moi sans se brûler les ailes ? Joe est mon homme et je ne laisserai aucune femme tenter de me le ravir ! Je vais rentrer chez moi, prendre une douche, me rendre présentable et je rendrai une petite visite à cette jeune femme au restaurant Chez Baco. A la maison, je ne ferai pas de scandale. Je ne dirai même pas à Joe que je l'ai vu en compagnie d'une jeune femme. Il serait capable de tout nier en bloc. Ce midi quand j'ai tenté de les rattraper, c'était une véritable erreur. Heureusement qu'il ne m'a pas vue. Je vais me la jouer finement. Tout en douceur. La force tranquille. Tenez-vous prêts, car Carmen n'a pas encore dit son dernier mot !

Dans la soirée, à Tchibanga...

Maurice***

Le rapprochement avec Inès-Olga est en bonne voie. J'espère qu'elle ne trouvera pas suspecte ma soudaine sympathie envers elle, surtout qu'elle arrive au lendemain de tout le bruit causé par Kwilu autour de ce jeune homme et elle... J'ai décidé d'être relax pour gagner sa confiance. Je jouerai à ce jeu à la perfection, jusqu'à ce que je parvienne à mes fins.

Sur internet, je lisais des articles sur le rituel, lorsqu'on toqua à la porte. Je me hâtais de fermer toutes les fenêtres des sites sur lesquels je traînais et ne laissais ouvert que celui sur la réservation des billets d'avion de Mariette et les enfants.

— Entrez.

— Coucou chéri, c'est moi.

Feignant d'être concentré, la tête scotchée à l'écran d'ordinateur, je n'accordai aucun regard à ma femme.

— Ce bureau et cet ordinateur sont vraiment des concurrents de taille pour moi dans cette maison. Soupira-t-elle. L'époque où tu avais juste un coin bureau dans notre chambre à coucher n'était finalement pas si mal que ça...

Après ces mots plaintifs de mon épouse, je décollai ma tête de l'écran et découvris avec délice, une Mariette vêtue d'une robe de chambre en soie couleur vin rouge, tenant deux verres de Martini dans les mains. Elle déposa les verres sur la table basse, située dans le coin salon de mon bureau, verrouilla la porte derrière elle, et s'avança vers moi en se déhanchant avec sensualité.

— Les enfants sont couchés depuis longtemps... J'avais froid toute seule dans notre lit... Et comme je ne te voyais pas arriver, je suis venue te tenir compagnie... Et je me suis dit qu'un petit verre de Martini te ferait du bien...

Mariette tira mon fauteuil au centre de la pièce. Aidée par les roulettes, elle n'eut pas de mal à me déplacer. Hypnotisé par le numéro de charme qu'elle jouait, je ne la quittais pas des yeux une seconde. Pas question de rater ce petit scénario érotique qu'elle m'offrait. Mariette tira sur le pan de sa robe de chambre qui coulissa le long son corps, dénudant au passage ses épaules, ses bras, ses jambes, avant d'échouer silencieusement sur le sol. D'agréables fourmillements me picotaient de la tête aux pieds. Vêtue uniquement d'un shorty et d'un caraco, Mariette s'assit sur moi puis frotta doucement ses seins sur mon visage. Sans me faire prier, je glissais mes mains sous sa lingerie en soie et me mis à caresser sa poitrine chaude et douce. Les yeux fermés, la tête à la renverse, ma femme appréciait le contact de mes doigts sur ses tétons durcis.

— Huuumm, Mapangou...

Mariette gémit tout en se contorsionnant sous mes caresses. Encouragé par ses mouvements, je tirai sur le nœud du caraco attaché juste à la naissance de sa gorge, libérant ses seins de leur jolie prison. La tête enfouie dans la poitrine de ma femme, je me mis à jouer avec ses mamelons, en lui donnant de petits coups de langue. Au contact de ma bouche sur ses tétons, elle se cambra davantage contre moi et accentua ses ondulations de bassin. La sentant réceptive, je continuai de lui titiller les seins. Puis, lentement, elle se détacha de moi.

— Où vas-tu ?...

— Je reviens...

Le corps en effervescence, je la laissais s'éloigner de moi contre mon gré. Mariette revint quasiment tout de suite avec les deux verres de Martini. Me regardant droit dans les yeux, elle vida son verre cul sec et le posa sur sol avant de reprendre place à califourchon sur moi.

Le regard enflammé, Mariette me fixait intensément avec cette expression que je connaissais très bien. Les mains sur ses hanches, je la pressais contre mon érection et automatiquement, elle se mit à se trémousser davantage sur moi augmentant ainsi mon excitation.

Mariette***

Le deuxième verre de Martini en main, j'en bus une gorgée, en prenant soin de ne pas tout avaler. Je posai délicatement mes lèvres sur celles de Maurice déjà entrouvertes, prêtes à accueillir mes baisers. Je l'embrassai tout en versant dans sa bouche le reste de boisson. Maurice avala le Martini avec gourmandise et me lécha les lèvres pour n'en perdre aucune goutte. Malgré moi, je détachai mes lèvres de celles de mon mari et versai le contenu du verre sur ma poitrine. Excitée par la vue de mes seins mouillés, Maurice poussa un grognement rauque.

— Lèche-moi... intimai-je.

Il tira nerveusement sur mon top afin de disposer de mes seins plus librement. Je l'aidai à enlever mon haut. Seins nus et dressés, j'inclinai ma poitrine vers la bouche avide de mon homme. Les lèvres de Maurice se posèrent sur mes mamelons et tétaient goulûment mes seins, saveur Martini. Les yeux fermés, je me cramponnais à lui, l'invitant à ne laisser aucune goutte.

— Lève-toi un instant, Mariette... dit-il en reprenant son souffle.

Je m'exécutai, un sourire d'avant l'amour sur les lèvres. Maurice desserra sa ceinture, déboutonna son pantalon et le fit coulisser le long de ses jambes. A la vue de son pénis tendu à travers son boxer, je sentis le désir grandir en moi avec une force incontrôlée. Je me hâtai de lui retirer complètement son pantalon puis son caleçon.

Il est tendu à souhait.

— Suce-moi, Mariette...

Cette phrase sonnait plus comme une supplication. Maurice voulait que je lui fasse du bien, que je le rende fou. Je m'agenouillai entre ses cuisses, pris sa verge dressée dans ma main droite et me mis à le branler lentement avant de la prendre entièrement dans ma bouche. Il se tordait de plaisir pendant que je le pompais. Les mains appuyées sur ma tête, il accompagnait mes mouvements, m'encourageant à le prendre jusque dans ma gorge tout en triturant mes tétons au passage.

— Oh Mariette ! Oui, comme ça... Continue... Suce... Suce...

Plus Maurice criait son plaisir, plus je m'appliquais à lui tailler la pipe du siècle. Tandis qu'il me bourrait la bouche, je me délectais du goût poisson salé de sa queue. Je le pompais, le léchais, l'aspirais, le mordillais, alternant chacune des actions. Tout en m'activant sur la verge de Maurice, je le regardais. J'aimais lire sur son visage cette expression d'abandon. J'aimais voir dans ses yeux brillants et mi-clos ce feu que seule moi savais allumer.

— Viens sur moi Mariette...

Consumée par l'envie de faire l'amour, je libérai de ma bouche, la verge de Maurice. Il m'attira au-dessus de lui, écarta mon shorty sur le côté, et me fit asseoir sur lui, tenant fermement sa bite humide. Doucement, je me laissais glisser sur son pénis. Il était doux et dur à la fois. Une fois en moi, Maurice se mit à me bourrer profondément. J'ondulais sur sa queue en réponse au rythme qu'il donnait. En haut, en bas, en rond. Je répétais le même enchaînement, encore et encore, jusqu'à frôler l'extase, et puis je m'arrêtai, rallongeant le temps, repoussant l'ascension vers les cimes du plaisir. Ivre d'amour, Maurice fourra sa tête entre mes seins et se mit à les sucer comme si sa survie en dépendait. Ses lèvres chaudes sur mes tétons, sa queue en moi, ses mains plaquées sur mes fesses, guidant chacun de mes mouvements, c'était inouï.

— Mets-toi à quatre pattes, Mariette...

Je ne me fis pas prier et me hâtai de retirer mon shorty au passage.

Une fois en position, Maurice me rejoignit sur le sol. A genoux derrière moi, il retira sa chemise. Nous étions entièrement nus tous les deux. Je pouvais sentir ses cuisses brûlantes contre moi. La raideur de son sexe contre mes fesses. Il faisait aller et venir son pénis entre mes lèvres retardant volontairement la pénétration. Je le voulais en moi, attendre était chose impossible. Impatiente, je le suppliais de me prendre. Maurice se glissa en moi avec une lenteur qui frôlait la torture. Je voulais qu'il me secoue, qu'il me comble et me mène au septième ciel, là, tout de suite. Fesses chambrées, je l'encourageais à me pénétrer plus vite, plus fort, plus loin. Il me limait avec virilité, m'arrachant des « Tue-moi Mapangou ». Après une bonne série de va-et-vient, je sentis de puissants fourmillements se répandre dans mon bas-ventre, dans mes veines, dans mon sang, dans tout mon corps. La respiration de Maurice s'accélérait et la mienne aussi. Dans un élan jouissif, il se mit à me titiller le clitoris en maintenant son bâton de manioc bien au fond de moi.

Emboîtés l'un dans l'autre, nos corps se mirent à vibrer. C'est ensemble que nous atteignîmes l'extase. Repus, on se laissa aller tous les deux, sur la moquette.

Chapitre 8 : La stratégie

Carmen***

Tout au long du trajet, je réfléchissais à la technique que j'allais employer pour évincer la petite peste qui tournait autour de Joe.

Elle saura qui est Carmen et elle regrettera de n'avoir pas tenu compte de mes menaces d'il y a quelques mois.

Je me suis arrêtée au marché d'Oloumi où j'ai acheté quelques denrées, puis je suis rentrée à la maison.

La voiture de Joe, garée dans l'allée, m'indiqua que mon mari était rentré de sa virée avec sa jeunette. Je descendis de mon véhicule et je pris une bonne inspiration pour calmer les battements de mon cœur qui s'accéléraient, ainsi que ma tension artérielle, que je sentais augmenter vertigineusement.

Je dois faire preuve de self-control. Je dois rester sereine.

Il ne fallait absolument pas que je tape un scandale à Joe. Il pourrait nier les faits. Surtout que je ne l'avais pas pris la main dans le sac comme je l'avais souhaité. Je l'ai juste aperçu en compagnie de cette jeune femme sortant d'un restaurant et montant tous les deux dans sa voiture.

Soit il me dirait que ce n'était pas lui, soit il inventerait une fausse raison pour justifier sa sortie avec cette jeune femme, ou mieux, il renverserait la tendance en m'accusant de l'espionner. En me voyant descendre les sacs de courses, le gardien a accouru vers moi et s'est chargé d'amener tous les sacs jusqu'à la maison. Le philtre d'amour concocté par Uche était bien calé dans un sac en plastique noir. Pour ne pas éveiller les soupçons ou me faire griller bêtement, je décidai de laisser la potion cachée sous le siège conducteur.

Je reviendrai le chercher un peu plus tard.

Assis dans le salon, Joe regardait la télévision. Quand il me vit entrer, il me sourit tout naturellement et tendit la main pour que je vienne l'embrasser.

Bouillonnante de colère, j'avalai les mots de reproches ainsi que toutes les interrogations qui étaient prêts à franchir mes lèvres, et je m'efforçais de lui sourire en retour.

— Bonjour chérie.

Je posai un baiser sur ses lèvres.

— Je t'ai cherchée en rentrant. C'est Nadia qui m'a dit que tu étais partie au marché.

— Oui, dis-je en me détachant légèrement de mon mari. Et toi, ça a été ? Quand je me suis réveillée ce matin, tu étais déjà parti.

— J'avais un rendez-vous avec un futur collaborateur. Nous sommes en plein pourparlers. Lorsque tout sera bouclé, je t'en parlerai... Ne t'inquiète pas.

Il me fit un clin d'œil et du dos de la main, il me caressa la joue. Le clin d'œil de Joe, un de ses atouts de séduction. Voici ce qui m'avait fait tomber sous son charme il y a plus de trente ans... Mais là, pour la première fois depuis longtemps, je perçus un non-dit dans ce clin d'œil.

— Je ne suis pas inquiète. Je sais que tu me diras tout le moment venu...

Je lui rendis son clin d'œil et m'en allais à la cuisine.

*****

Lorsque je suis arrivée au restaurant chez Baco, il était déjà bondé. Joe avait l'esprit tellement ailleurs, si bien que trouver une excuse à deux balles et sortir de la maison sans éveiller ses soupçons avait été un véritable jeu d'enfant.

Un serveur m'installa à une table pour deux. Je lui spécifiai que je dinerai seule. Gêné, il s'empressa d'enlever les couverts supplémentaires. Une fois assise, je balayais la salle du regard, cherchant la maîtresse de Joe.

Elle n'a peut-être pas travaillé aujourd'hui. Je ne sais même pas comment elle s'appelle. Comment me renseigner sans connaître ne serait-ce que son prénom ?

Le serveur revint vers moi avec la carte des boissons et des menus. Je le remerciai et avant qu'il ne tourne les talons, je lui demandai si la jeune femme que je recherchais était bien de service ce soir. En lui donnant sa description physique, il a tout de suite su à qui je faisais allusion.

— Vous voulez parler de Natacha ? La stagiaire ?

— Oui, c'est cela.

— Elle est bien de service ce soir. Vous voulez qu'elle assure le service à votre table ?

— C'est possible ?

— Oui c'est possible. Ici le client est roi !

139

— Je vous remercie pour votre amabilité, Monsieur.

Je fis mine de me concentrer sur la carte des menus, alors que le serveur s'éloignait de ma table.

— Vous avez choisi ? Fit une voix féminine à mon intention alors que j'étais concentrée sur le choix de mon repas.

Je relevai la tête pour passer ma commande. Grande fut ma joie lorsque je reconnus la jeune femme qui était en compagnie de mon mari ce midi. Elle me reconnut également, car elle eut un léger mouvement de recul en me voyant.

Elle panique ? Ce n'est que le début ma petite !
Je jubilais de l'intérieur.

— Bien sûr que j'ai choisi. Dis-je en la regardant droit dans les yeux, affichant un sourire triomphant.

— Je vous écoute, dit-elle les lèvres pincées.

— En apéro, je prendrai un kir, et pour dîner, du sanglier fumé au nyembwè.

— Avec quel accompagnement, s'il vous plaît ?

Je jetai à nouveau un coup d'œil à la carte des menus et dis d'un ton détaché :

— Je prendrai bien la banane plantain et du riz. Merci.

Elle nota le tout, marmonna un « bien madame » et disparut de mon champ de vision.
Je sens que je vais bien m'amuser ce soir.

Natacha***

Eh merde ! Et moi qui croyais qu'aujourd'hui c'était mon jour de chance... Que vient faire cette femme ici ? Et puis à quoi jouent-ils son mari et elle ? D'abord Joe qui vient prendre son petit-déjeuner ici ce matin. Il m'invite à manger le midi avec lui, et voilà que sa chère femme débarque toute seule comme ça, au restaurant pour dîner. Comme par hasard, il a fallu qu'elle vienne ici ce soir. Quoi ? Il n'y a plus de restaurant dans tout Libreville ? Je ne sais pas quelles sont ses intentions, mais mon intuition me dit qu'elle prépare quelque chose de louche.

Assommée par tout ça, je m'adossai contre la porte de la cuisine. Je fermai les yeux et je pris une profonde inspiration.

— Qu'est-ce qui t'arrive Natacha ? Tu ne te sens pas bien ? S'inquiéta Ariane.

Je me redressai.

— Si... Si tout va bien...

— Tu en es sûre ? Insista-elle en tâtant mon front du dos de sa main.

— Oui... oui...

Le chef cuistot me lança un regard suspect.

— J'espère que ce n'est pas la maladie des neuf mois...

— Non M. Asseko, je ne suis pas enceinte.

— Ton stage dure six mois. Ce serait dommage de tout arrêter à cause d'une grossesse.

— Qui est enceinte ? Demanda Jocelyne qui venait d'arriver dans la cuisine.

Elle nous regardait tour à tour Ariane et moi.

— Personne ! Dis-je excédée. Vous aimez trop le kongossa ici.

Je tirai Ariane hors de la cuisine, laissant Jocelyne et M. Asseko aux fourneaux.

— Devine la meilleure !

— Quoi ?!

Ma collègue se dandinait d'impatience devant moi.

— La femme de Joe Lawson est ici !

— Hein ?! Avec son mari ?

— Non, seule. Je t'avoue que je n'ai pas envie de la servir.

— Je te comprends. Je t'aurais bien proposé de faire le service à sa table pour te remplacer, mais tu connais le règlement.

— Oui... Je connais le règlement, dis-je dépitée

— M. Baco aime bien que le service soit fait par la même personne, du début à la fin. Désemparée, je soupirais.

— Sa présence ici ne présage rien de bon.

— Pourquoi tu dis ça ?

— Un mauvais pressentiment ...

— Fais ton travail correctement comme tu le fais d'habitude. Occupe-toi d'elle comme une cliente ordinaire, et tout se passera bien.

— Sauf que ce n'est pas une cliente ordinaire, cette femme est une sorcière !

— Allez, ça ira. J'ai confiance en toi. Tout se passera bien, tu verras.

— Je veux bien te croire...

— Ça va aller !

— Bon, j'y retourne...

— Ok. Bon courage !

— Merci Ariane. J'aurai vraiment besoin de courage ce soir, je le sens !

Maurice***

— Merci pour le Martini ma chérie... Si tu pouvais me le servir comme ça tous les soirs, je serais l'homme le plus heureux du monde.

— Tous les soirs ?!

— Oui, tous les soirs...

Elle fit mine de réfléchir.

— Humm, je crois que c'est envisageable...

Nue et épuisée, Mariette resta allongée sur la moquette tandis que je me levai.

— Où tu vas Maurice ? Me demanda-t-elle alors que je m'éloignais d'elle.

— Avant que tu ne viennes me proposer de prendre l'apéro et plus, j'étais en train de regarder les tarifs des billets pour les enfants et toi. J'ai trouvé de la place pour la semaine prochaine.

— Ah oui ? Quel jour ?

— Vous partirez vendredi matin, le même jour que Clara.

— Mais les enfants vont manquer un jour d'école !

— Est-ce si grave que ça ? Ils ne passent pas d'examen que je sache. La seule à préparer le baccalauréat dans cette maison, c'est Inès-Olga. J'appellerai le directeur d'école des plus petits et le Principal du collège pour prévenir de leur absence ce jour-là.

— Ok. Je te laisse gérer ça...

— Puisqu'on est d'accord tous les deux, je peux donc valider mon achat.

— J'espère qu'Inès-Olga ne sera pas déçue de ne pas faire partie du voyage...

— Je pense qu'elle comprendra. Elle aura une compensation en argent de poche.

— De l'argent de poche ? On ne lui en a jamais donné.

— C'est l'occasion de commencer.

Tu me surprends de jour en jour, Maurice ! Je suis contente de voir que tu as enterré la hache de guerre avec la petite. Je t'avoue que j'avais quelques appréhensions lorsque tu m'as parlé de ce voyage. Je m'imaginais mal te laisser avec Ino sachant que tu ne l'apprécies pas vraiment.

— Sois tranquille Mariette. Tout se passera bien. J'ai décidé d'être plus cool avec elle.

— Merci pour tes efforts, chéri, je suis vraiment touchée par tout ce que tu fais.

— Ne me remercie pas Mariette... Ce que je fais n'a rien d'exceptionnel.

— Allez ! Viens, on va prendre une douche et aller nous coucher. Il est tard.

Carmen***

Le service était assuré comme je le souhaitais. Je sentais que la serveuse était sur ses gardes à chaque fois qu'elle arrivait à ma table. J'avais envie de lui demander de rester calme, que je n'étais pas venue ici pour lui chercher des ennuis, mais le dire serait mentir. Alors je prenais plaisir à la voir si embarrassée lorsqu'elle m'amenait un plat ou qu'elle en débarrassait un autre en me demandant si ça a été.

Je viens de terminer mon dessert. C'est maintenant que je vais passer à l'action.

Natacha était debout au fond de la salle. Elle surveillait toutes les tables qu'elle avait à son service, guettant le moment où les clients auront terminé, pour leur servir la suite. Je lui fis un signe de la main. Elle arriva aussitôt.

— Oui, Madame ? Que vous fallait-il ?

— J'ai terminé mon dessert, vous pouvez débarrasser, s'il vous plaît ?

— Oui bien sûr.

Pendant que Natacha enlevait tous les plats vides, je me suis levée et je me suis rendue aux toilettes.

146

De retour à ma table, la serveuse avait tout enlevé et elle avait soigneusement déposé la note sur la table. Je me suis alors rapprochée de la caisse pour régler l'addition.

— Je désire régler ma note, dis-je en tendant mon ticket à la personne à la caisse.

— Ça vous fera trente-deux mille cinq cents francs, s'il vous plaît.

— Ok.

Dans mon sac, mon portefeuille. Je remuais le contenu dans tous les sens, en vain.

— Je ne trouve pas mon portefeuille.

— Il est peut-être au fond de votre sac, fit la dame à la caisse. Et si vous le vidiez entièrement là ?

— Elle me désigna un coin sur le comptoir.

— Je risquerai de gêner ...

Je regardais à droite et à gauche.

— Ne vous en faites pas, vous ne gênez pas grand monde. Il reste à peine quatre clients en plus de vous et ils sont loin d'avoir terminé de dîner.

Je vidai tout le contenu de mon sac sur le coin qui m'avait été proposé.

— Alors, j'ai bien ma trousse de maquillage, mes deux téléphones portables doubles puces, mon tube de crème pour les mains, mon parfum... Et comme vous pouvez le constater, mon portefeuille n'y est pas.

— Êtes-vous sûre de l'avoir pris ? Vous l'avez peut-être oublié chez vous...

— Je suis sûre de l'avoir pris car en arrivant, j'ai acheté des recharges téléphoniques avec le marchand qui a son kiosque à deux mètres du restaurant... On m'a volée !

— Je vous demande pardon ?!

— Je vous dis qu'on m'a volée ! Insistai-je. C'est la jeune serveuse affectée à ma table qui me l'a pris ! J'en suis sûre !

— Calmez-vous Madame... Vous ne pouvez pas affirmer une telle chose sans en avoir la preuve.

— Je veux voir le responsable tout de suite ! Sinon je tape un scandale !

— Écoutez ... Madame ?...

— Lawson.

— Écoutez Madame Lawson, vous êtes une ancienne cliente de ce restaurant et je suis désolée qu'une telle situation se présente... Mais...

— Il n'y a pas de « mais » qui tienne ! Je veux voir le responsable ! Hurlai-je. Appelez Monsieur Baco !

— Madame... Je ne peux appeler Monsieur Baco comme ça...

— Ah bon ?! Donc je vais rester ici jusqu'à la fermeture. Je ne bougerai pas d'ici, tant que je n'aurai pas retrouvé mon portefeuille !

— Qu'est-ce qui se passe Carmen ? Jocelyne ?

Baco venait de faire son apparition. Le faire sortir de l'antre du restaurant avait été plus rapide que je le pensais. Sourcils froncés, il nous regardait tour à tour, la jeune dame à la caisse et moi.

— Madame Lawson dit qu'on lui a volé son portefeuille... Et elle pense que c'est quelqu'un du restaurant qui le lui aurait dérobé...

— Quelqu'un du restaurant ?! Comment serait-ce possible ?

— C'est simple ; à un moment, j'ai dû quitter ma table pour me rendre aux toilettes. J'avais laissé mon sac sur ma chaise. A mon retour, l'addition avait été posée sur la table par la serveuse affectée à mon service. Au moment de régler ma note, je me suis aperçue que mon portefeuille avait disparu. Je suis convaincue que c'est cette jeune femme qui l'a pris ! Comment je fais maintenant pour régler l'addition ?!

— Ne vous inquiétez pas pour ça Madame Lawson. Vous êtes une ancienne cliente, la maison vous offre ce dîner.

— Et pour mon argent ? Il y avait quand même trois cent mille francs à l'intérieur. J'exige que le personnel soit fouillé !

— Madame...Voyons... J'ai totalement confiance en mes collaborateurs... Je ne pense pas que l'un d'eux ait pu faire une chose pareille.

— Vous voulez avoir mauvaise presse, Baco ?

— Écoutez Madame Lawson, nous allons essayer de régler ce malentendu sans faire de scandale... Il y a encore des clients dans le restaurant. Je ne voudrais pas que cet incident ternisse notre image...

Baco était nerveux. Il se passait sans arrêt la main sur le front. Mâchoires et poings serrés, il voulait tout comme moi éviter que cet incident fasse des vagues et désirait que tout soit réglé au plus vite.

— Jocelyne ?

— Oui, Monsieur Baco ?

— Demandez à tous les serveurs et à toutes les serveuses de venir dans mon bureau tout de suite.

— Bien, Monsieur Baco.

Chapitre 9 : Y a-t-il un brin d'espoir pour Natacha ?

Natacha***

J'ai survécu au service à la table de Madame Lawson. Dieu merci. Il ne me reste plus qu'à débarrasser celle des derniers clients et je pourrai enfin rentrer chez moi.

Mes collègues et moi étions en plein rangement lorsque Jocelyne débarqua dans la cuisine affichant une mine d'enterrement.

— Tu en fais une de ses têtes !

— Il y a un problème. La voix de Jocelyne ne laissait place à aucune plaisanterie.

— Ah bon, et lequel ? Demanda Ariane, curieuse.

— Monsieur Baco veut voir tous les serveurs et toutes les serveuses dans son bureau tout de suite.

— Maintenant ?! M'étonnai-je.

— Oui. Affirma Jocelyne, les lèvres pincées.

— Qu'y a-t-il de si urgent à nous dire en pleine nuit ? Rouspéta Ariane.

— Ça ne peut vraiment pas attendre demain ?

— Si j'étais vous, je ne trainerais pas des pieds. Le patron est très en colère.

Étonnées, Ariane et moi on se regardait toutes les deux, nous demandant ce que Monsieur Baco avait de si important à nous dire à pareille heure. Inquiets, nous sommes tous arrivés dans le bureau de M. Baco. Ariane qui était à la tête du groupe, a cogné une fois puis a actionné la poignée de la porte, une fois que la voix du patron nous autorisait à entrer. Grande fut ma surprise lorsque je vis Madame Lawson assise en face de M. Baco.

Elle n'est pas encore partie, celle-là ?

— Bonsoir à tous, dit-il d'un ton sec.

— « Bonsoir Monsieur Baco ». Nous répondîmes en chœur.

Le visage du Directeur du restaurant était fermé. Mâchoires serrées, il donnait l'impression de quelqu'un qui contenait sa colère. Quant à Madame Lawson, elle affichait un air hautain et nous dévisageait chacun avec dédain, nous détaillant de la tête aux pieds, avant de s'attarder un peu plus longtemps sur moi, un rictus narquois sur les lèvres. Mal à l'aise, je détournai la tête et fis mine de porter mon attention sur les tableaux accrochés aux murs. Monsieur Baco se racla la gorge avant de prendre la parole.

— Bien. Si je vous ai fait venir dans mon bureau ce soir, c'est parce qu'il y a eu quelque chose de grave qui est arrivé dans notre restaurant... Vous connaissez tous cette dame, n'est-ce pas ? Mme Lawson est une grande cliente. Vous l'avez déjà vue au moins une fois dans notre restaurant, n'est-ce pas ?

— « Oui... » Nous répondîmes en chœur.

— Madame Lawson n'est pas n'importe quelle cliente, c'est une de nos plus grandes et fidèles clientes et ce soir elle a été victime de vol, ici même dans ce restaurant, et c'est inadmissible !

On se regardait, tous surpris.

— Alors si je vous ai tous fait venir dans mon bureau, c'est parce qu'il se pourrait que l'auteur de ce larcin soit parmi vous.

Nous dévisageant les uns les autres, chacun de nous criait son innocence. Des « Ah non, ce n'est pas moi » « Je ne suis pas une voleuse » résonnaient en canon dans le bureau de M. Baco.

— Bien sûr qu'aucun de vous n'est un voleur. Mais les faits sont là. Le portefeuille de Madame Lawson a disparu, et avec à l'intérieur, la somme de trois cent mille francs. C'est la première fois que ce genre d'incident arrive... Je vais donc vous demander à chacun de vider le contenu de vos sacs bananes sur mon bureau.

Mes collègues se dépêchèrent de verser le contenu de leur sac sur le bureau du patron. Il n'y avait pas besoin de se bousculer autant. Je décidai d'attendre qu'ils aient tous montré ce que contenait leur sac respectif, pour enfin étaler le contenu du mien, sur la table.

Tout comme dans celui de mes collègues, on ne trouvera rien d'autre que le carnet dont je me sers pour noter les commandes, des stylos et une calculatrice. Ah si, j'ai également mon téléphone portable à l'intérieur.

Jambes croisées, l'index droit sur la joue, M. Baco restait silencieux, tandis que Madame Lawson procédait à la recherche de son fameux portefeuille. Parmi mes collègues, certains avaient plus qu'un calepin, des stylos et une calculatrice dans leur sacoche, ils avaient également leur portefeuille sur eux. Après avoir cherché son bien du bout des doigts, Madame Lawson lança :

— Il n'y est pas !

— Bien, comme vous pouvez le constater, aucun de mes employés n'a piqué votre portefeuille. Affirma Monsieur Baco, visiblement soulagé.

Contents de ne plus faire partie des suspects, mes collègues s'empressèrent de récupérer leurs affaires.

— Si j'étais vous, je ne me réjouirais pas si vite, Monsieur Baco, déclara Madame Lawson. Le patron tiqua.

— Pourquoi dites-vous cela ?

— Cette jeune dame ne nous a pas encore montré le contenu de son sac, dit-elle en me toisant et en pointant sur moi un doigt accusateur.

Monsieur Baco leva les yeux vers moi.

— Veuillez nous montrer ce que contient votre sac, Natacha.

Je détachai mon sac banane de ma taille, l'ouvris et vidai tout son contenu sur le bureau de Monsieur du patron.

— Le voici ! S'écria Madame Lawson.

— Quoi ?! Demandai-je, stupéfaite.

— C'est mon portefeuille !

— Mais c'est impossible... Je veux dire... Je ne sais pas comment il a fait pour atterrir là !...
Tout le monde me regardait comme si j'étais une pestiférée. Je pouvais lire la déception dans les yeux de mon patron. Je me retournai vers mes partenaires de travail.

— Si c'est une blague de l'un d'entre vous, elle est de très mauvais goût ! Vous savez tous que je ne suis pas une voleuse, n'est-ce pas ?!
Personne ne me répondait. Maintenant que la coupable était démasquée, ils avaient tous hâte de quitter ce bureau.

— Ariane, dis-leur que je ne suis pas une voleuse ! Toi au moins, tu me connais ! Suppliai-je.
Ma collègue était désolée pour moi, mais elle ne pouvait pas affirmer une telle chose.
Me connait-elle vraiment ? La réponse est non.
Comme tout le monde, elle craignait les retombées de ce portefeuille trouvé en ma possession. Comment pouvait-elle avoir le courage d'avouer être l'amie d'une voleuse ? Car c'est désormais ainsi que toutes les personnes ici présentes me considéreront. Le regard fuyant, elle lâcha du bout des lèvres :

— Je suis désolée, Natacha...

Elle était désolée de quoi au juste ? De ne pas me soutenir ? De me laisser répondre et assumer le mystère du portefeuille retrouvé dans mon sac de travail ?

Qu'importe pourquoi elle était désolée. Et même si je me sentais seule au monde et que j'en voulais au sort de s'acharner sur moi une fois de plus, je finis par accepter le fait qu'Ariane était désolée, et ce, quelle qu'en fût la raison.
Je vais devoir répondre seule d'un acte que je n'ai pas commis...
Monsieur Baco demanda aux autres employés de bien vouloir quitter son bureau. Une fois qu'ils furent tous partis, il s'adressa à moi :

— Pourquoi avoir commis un tel acte, Natacha ?

— Je n'ai pas volé ce portefeuille, Monsieur Baco. Lâchai-je d'un ton ferme.

— Et avec ça, elle continue de mentir ! S'écria Madame Lawson.

— Alors comment expliquez-vous le fait qu'il se retrouve dans votre sac ? Demanda mon patron.

— Je ne sais pas ! Je suis toute aussi surprise que vous ! Je suis sûre que c'est un coup monté contre moi ! Vous pouvez vérifier sur les caméras de surveillance M. Baco. Je n'ai jamais fouillé le sac de Madame Lawson ! Je vous le jure sur la tête de ma défunte mère que je n'ai rien fait !

— Un coup monté ?! On aura tout entendu ! Lança Madame Lawson qui se mit à ricaner comme une hyène. Cette jeune femme a fouillé dans mon sac, lorsque je me suis rendue aux toilettes et elle s'est servie !

— Si j'étais réellement une voleuse comme vous l'affirmez, pourquoi me serais-je encombrée en prenant votre portefeuille. Il aurait simplement fallu que je prenne l'argent ou vos cartes de crédit... Et le tour était joué.

— Mais peut-être n'avez-vous pas eu suffisamment de temps pour procéder à votre basse besogne !

Elle se retourna vers le patron et lui dit :

— Si j'étais vous, je me débarrasserais de cette employée sur-le-champ ! Car si elle n'est pas durement sanctionnée, les autres employés seront tentés de faire la même chose, et votre restaurant aura mauvaise réputation et ce serait bien dommage...

Monsieur Baco ne disait rien. Dépassé par tout ce qui se passait dans son bureau, il préférait garder le silence. Lui, qui depuis mon arrivée dans son restaurant était si content de mon travail, se retrouvait maintenant à gérer un problème de vol. La honte.

Et dire que j'avais réussi à gagner de l'estime à ses yeux. Durant les semaines qui ont précédé et jusqu'à maintenant, je m'étais impliquée en travaillant d'arrache-pied, comme une véritable employée, même si je n'étais que stagiaire. Je commençais tôt le matin et je finissais tard le soir, sans jamais me plaindre. Je ne comptais pas mes heures. Et à la fin du mois, la petite gratification qu'on me donnait me permettait de goûter à la joie de gagner mon pain à la sueur de mon front, moi qui jadis n'avais d'autre choix que celui de vendre mon corps pour survivre...

Madame Lawson m'a piégée. Je le sais. Je ne peux pas le prouver, mais je sais que c'est elle qui a tout manigancé pour me mettre dans cette situation.

Des larmes de colère et de révolte se mirent à rouler le long de mes joues. Je ne fis rien pour arrêter leur course folle. Je pleurais sur mon sort. La poisse venait de m'étreindre une nouvelle fois. J'espérais que Monsieur Baco ne me renverrait pas comme le lui avait suggéré Madame Lawson.

Que Dieu me vienne en aide !

Monsieur Baco demanda à Madame Lawson de vérifier le contenu de son portefeuille. Elle ne se fit pas prier. Me bousculant au passage, elle fit mine d'examiner son portefeuille, compta son argent et les cartes de crédit.

— Tout y est, Madame Lawson ?

— Oui, il ne manque rien. Cette voleuse n'a pas eu le temps de jouir de mon argent.

Elle me toisa, puis se retourna vers Monsieur Baco un sourire commercial sur les lèvres. J'insistais pour que mon patron visionne les enregistrements en la présence de Madame Lawson. Depuis son bureau, il a accès à tout le restaurant grâce aux caméras. Après quelques secondes d'hésitation, il finit par accepter. Je sentis Madame Lawson tendue à ce moment-là. Un brin d'espoir au fond du cœur, du revers de la main j'essuyais mes larmes.

— Les enregistrements ne montrent rien pouvant vous innocenter.

— Comment ça ?! Je me précipitai de l'autre côté du bureau pour me rendre compte par moi-même. Je voulais voir de mes propres yeux ce que me disait mon patron.

— Regardez vous-même ?

Mon cœur cogna tellement fort, que je dus me tenir la poitrine, au risque de faire un arrêt cardiaque. Monsieur Baco disait vrai. Sur les vidéos, on voyait juste l'arrivée de Madame Lawson, l'accueil de la cliente faite par mon collègue, puis le début de mon service. Et après, il n'y avait plus rien qui avait été enregistré.

— Je ne comprends rien !

— Moi non plus, Mademoiselle... Moi non plus...

Ignorant mon désarroi, Monsieur Baco se tourna vers Madame Lawson à qui il présenta une fois de plus ses excuses.

— C'est moi qui vous remercie, Monsieur Baco.

— Je vous en prie, Madame Lawson. On a retrouvé votre portefeuille, c'est le plus important, et j'en suis soulagé. Le restaurant vous offre votre repas de ce soir.

— Mais non voyons ! Maintenant que j'ai de quoi payer, je vais régler ma note.

— J'insiste, Madame Lawson.

— Comment puis-je vous remercier ?

— Vous l'avez déjà fait. Je vais vous raccompagner vers la sortie.

Le patron se tourna vers moi et me dit d'un ton sec :

— Attendez-moi ici, Natacha.

— Bien, Monsieur Baco.

Carmen***

Cette Natacha pensait qu'elle pouvait venir s'amuser à perturber mon foyer et dormir tranquillement sur ses deux oreilles ? Eh bien, elle a tiré à terre ! Quand on décide de jouer sur le terrain de Carmen, on a tout intérêt à avoir les reins solides.

Je comptais sur Baco pour virer cette petite peste le plus rapidement possible. Elle n'aurait qu'à aller jouer à l'apprentie serveuse ailleurs ! La piéger a été un véritable jeu d'enfant pour moi. Il fallait voir la tête qu'elle a faite au moment où elle a découvert mon portefeuille parmi ses effets. J'ai dû me maîtriser pour ne pas éclater de rire.

Mon petit scénario a bien marché et j'en suis contente.

Désolée pour Baco et toute son équipe, mais il fallait que je lui règle son compte à cette fille.

Quant à Joe, je pensais qu'il lui faudrait aussi un philtre d'amour pour qu'il ne jure que par moi, et moi seule.

Maintenant que le dossier Natacha était classé, il ne me restait plus qu'à m'occuper d'Elsa. En sortant du restaurant, je remis les trois cent mille francs à la personne qui m'avait aidée à mettre le portefeuille dans le sac banane de Natacha.

Une fois arrivée à la maison, je coupai le contact et récupérai sous mon siège, le philtre d'amour concocté par Uche et je l'enfouis au fond de mon sac à main.

Le lendemain...

Pacôme***

— Je suis bien sur le téléphone de Monsieur Pacôme Divassa ?

— Oui, c'est bien moi, à qui ai-je l'honneur, s'il vous plait ?

— Qui t'appelle tôt le matin comme ça ?

Charlotte fulminait. Je fis signe à ma femme de se taire.

Elle me fatigue avec ses crises de jalousie à la noix. Quand elle ne m'accuse pas de coucher avec ma nièce, elle me soupçonne de sortir avec toutes les femmes de mon entourage. Comment peut-on être jaloux à ce point ?

Je mis la main sur le combiné et lui demandai de me laisser répondre à l'appel dans le calme.

— Ici le secrétariat du lycée hôtelier. Nous avons un souci avec l'élève Natacha Babongui.

— Quel genre de souci ? Demandai-je inquiet.

— Natacha a été renvoyée du restaurant Chez Baco.

— Renvoyée vous dites ?! Mais comment ça ?... Je veux dire, pour quel motif l'a-t-on renvoyée ? Tout se passait pourtant bien !

— Oui, son stage se passait bien jusqu'à ce qu'elle ne soit accusée de vol... Et si elle ne retrouve pas un autre stage dans les plus brefs délais, elle ne pourra pas valider son année scolaire.

— Mince ! Vous êtes sûre qu'elle est bien l'auteure des faits qui lui sont reprochés ?

— Écoutez, Monsieur Divassa, je vous conseille de vous rapprocher du restaurant. Le directeur vous en dira plus.

— Oui bien sûr...

— Nous avons préféré vous tenir informé, étant donné que vous êtes le tuteur de Natacha.

Natacha accusée de vol ! Cette nouvelle me fait l'effet d'une douche froide.

— Vous avez bien fait de m'appeler Madame. Je vous remercie.

— C'est moi qui vous remercie, Monsieur Divassa. En vous souhaitant une bonne journée.

— Pareillement.

Encore sonné par l'appel de l'école, je raccrochai.

— C'était qui chéri ? Charlotte revint à la charge.

— L'école de Natacha.

— Si je me réfère à la tête que tu fais, il y a un problème. Je me trompe ?

— Non, tu ne te trompes pas. Fis-je entre les dents.

— Qu'est-ce qu'elle a encore fait ? On l'a surprise dans une posture indélicate avec un des enseignants ?

Ma femme se mit à rire à gorge déployée.

— Charlotte ! Un peu de tenue, voyons ! Dois-je te rappeler que tu parles de ta nièce ?

— Je refuse d'être la tante de ce genre d'enfant ! Surtout après ce qu'elle a fait à Kwilu, je ne pourrai jamais piger Natou. Excuse-moi, Pacôme, mais c'est comme ça.

Dépité, je me laissai choir dans le canapé.

Que vais-je faire de Natacha ? Et moi qui voulais lui accorder une chance de faire quelque chose de sa vie ? Ai-je eu tort de lui faire confiance ?

Chapitre 10 : Ne pas baisser les bras

Natacha***

Je n'ai pas fermé l'œil de la nuit. Je me suis passé et repassé la soirée d'hier en boucle, me demandant comment le portefeuille de Madame Lawson avait fait pour se retrouver dans mon sac banane. Était-il possible qu'elle l'ait glissé dans mon sac banane pendant que je faisais le service ? Non, ce n'était pas possible. Car, si cela avait été le cas, je m'en serais rendu compte. Et si quelqu'un du staff était le complice ou la complice de cette femme ? Je revoyais le visage de chacun de mes collègues. En me demandant quelle pouvait être cette personne qui m'en voulait tellement au point de me mettre dans une situation aussi dramatique et pénalisante que celle-ci ? Était-ce Jocelyne ? Ariane ? Yorick ?

Ariane ne m'a pas soutenue lorsque nous avons tous été convoqués dans le bureau du patron. Je croyais avoir trouvé une amie en sa personne. Mais hier soir, elle m'a montré ses limites en me laissant seule devant tous, avec ce portefeuille arrivé dans mon sac banane comme par enchantement.

Mais a-t-elle vraiment pu faire une chose pareille ? Pourquoi voudrait-elle me nuire ? Je ne pensais pas qu'elle avait aidé Madame Lawson à me piéger, car elle assurait le service à l'autre bout du restaurant. Et lorsqu'elle m'avait vue peu motivée à l'idée de servir la femme de Joe, elle avait été compatissante. Si le règlement le permettait, elle aurait assuré le service de cette table à ma place.

 Depuis ce matin, Ariane ne cessait de m'envoyer des messages dans lesquels elle dit être désolée de n'avoir pas eu le courage de me soutenir. Elle dit avoir eu peur et elle craignait de perdre sa place. C'est la raison pour laquelle elle ne m'avait pas appuyée. Mais elle disait qu'elle me savait innocente. Je ne savais pas si je devais en rire ou en pleurer. C'est maintenant qu'elle venait me témoigner son amitié ? Et par sms en plus ? Ariane avait deux enfants qu'elle élevait seule. Ce travail était sa seule source de revenus. Au-delà du fait que je me sois sentie abandonnée par elle, je pouvais la comprendre. Entre le pain de ses enfants et moi, Ariane avait choisi son travail. C'est tout à fait normal. Mais une personne qui ne peut pas me soutenir au moment où j'en ai besoin n'est pas une amie. Je continuais à me demander qui pouvait bien m'en vouloir. Et Yorick dans tout ça ? J'ai bloqué un instant en pensant à mon collègue. C'est bien lui qui était venu me dire que Madame Lawson demandait après moi. D'après le règlement du restaurant, c'est lui qui aurait dû assurer le service à cette table jusqu'au bout, puisque c'est lui qui a installé la cliente et c'est lui qui a commencé à s'occuper d'elle. Pourquoi m'a-t-il laissé cette table ? A-t-il eu le temps de tout organiser avec elle avant que je ne commence le service ?

Je me suis encore remémoré la soirée d'hier. Et là, je me suis souvenue d'un détail auquel je ne pensais plus. Je me suis séparée de mon sac banane à un moment : lorsque je suis allée aux toilettes... C'est certainement à ce moment-là que le portefeuille de Madame Lawson a été glissé. Mais comment le prouver ?

Hier soir après que Madame Lawson soit partie, Monsieur Baco m'a gardée dans son bureau pendant un bon moment encore. Il était tout autant désolé que moi de ce qui s'était passé. Mais au sortir de mon entretien avec le patron, mon départ était inévitable. Pour le bien du restaurant et pour continuer dans une bonne ambiance au sein de l'équipe, il valait mieux que j'arrête d'y travailler, m'a-t-il dit.

J'avais beau lui dire que je n'y étais pour rien dans ce qui s'était passé et que ce portefeuille retrouvé en ma possession n'était rien d'autre qu'un coup monté contre moi. J'ai pourtant crié et pleuré mon innocence, mais ni mes larmes, ni mes supplications n'ont été suffisantes pour convaincre Monsieur Baco de me garder.

— « Natacha, après ce qui s'est passé avec Madame Lawson ce soir, je préfère que vous arrêtiez de travailler ici... C'est dommage, car vous étiez vraiment un bon élément. Je vous signerai une attestation de stage jusqu'à ce jour, mais je ne pourrai pas vous garder davantage au sein de mon restaurant. Jusqu'ici, votre comportement était irréprochable, mais après l'épisode de ce soir, je mets un gros point d'interrogation sur vous. Ce midi, on vous a vue partir avec Monsieur Lawson et le soir, on retrouve le portefeuille de son épouse en votre possession. Je ne sais pas ce que vous mijotez Natacha, mais si vous le pouvez encore, ressaisissez-vous... » avait-il rajouté.

Et moi qui étais si contente d'avoir déjeuné avec Monsieur Lawson. Je me suis même surprise à imaginer qu'il pourrait être mon père. Voilà que sa femme me faisait éjecter de chez Baco comme une malpropre. Elle m'avait menacée il y a quelques mois.

Elle pense vraiment que je sors avec son mari ? Est-il possible qu'elle nous ait vus ensemble lui et moi ? Peut-être que quelqu'un nous a vus tous les deux et lui a tout répété ?

Je me suis levée de mon lit, la tête endolorie, j'ai pris du paracétamol, puis je me suis dirigée vers la salle de bain. Au même moment, le lycée hôtelier m'a appelée. Le restaurant leur a fait part de l'incident d'hier et leur a dit que je ne faisais plus partie de leurs effectifs.

— « Il faudra trouver rapidement un autre stage, si vous voulez valider votre année... ».

Je me suis laissée tomber comme une masse sur le sol au carrelage froid, écoutant comme un bourdonnement lointain, tout le blabla que débitait la secrétaire de l'école. J'étais partagée entre l'envie de m'apitoyer sur mon sort en pleurant des rivières, et celle de me ressaisir le plus vite possible et d'affronter à bras-le-corps les difficultés auxquelles j'étais à nouveau confrontée. Ma toilette faite, j'ai choisi des vêtements de ville assez présentables.

Je vais faire des candidatures spontanées. Je pousserai les portes de grands restaurants de la ville. Qui refuserait de prendre une stagiaire ? C'est de la main d'œuvre gratuite. Je serai persuasive. Je ferai tout pour qu'ils me prennent. Je dois valider mon année.

Dans un porte-document, j'ai pris des CV et je suis partie chez Baco où je devais récupérer mon attestation et le maigre chèque qui correspond à ma paye.

L'entrevue avec Monsieur Baco a été rapide. Il m'a demandé de passer par la porte de service et de monter directement à son bureau. Je n'ai croisé aucun de mes collègues. J'aurais tellement aimé leur dire au revoir au lieu de ça, je suis partie en catimini. Revenir dans ce restaurant et être désormais considérée comme une étrangère me faisait très mal. Hier encore, je déambulais entre la cuisine et la salle principale, avec cette soif d'apprendre et celle de me surpasser pour obtenir une bonne note de stage. Tout ceci, avec l'espoir d'être retenue à la fin de ma formation. Aujourd'hui, je devais rêver d'un avenir professionnel ailleurs. Comme quoi, tout peut basculer à n'importe quel moment.

Une fois l'entretien terminé, j'ai été raccompagnée à la sortie par le vigile. Dehors, le soleil qui était déjà haut dans le ciel donnait le ton d'une journée qui s'annonçait bien pour certains. A peine étais-je debout sur le trottoir à attendre un taxi que les vibrations de mon téléphone se firent insistantes. « C'est un

171

numéro masqué ». Méfiante, j'hésitai quelques secondes, puis je me décidai à répondre.

— Allô ?

— Oui allô Natacha, c'est Tonton Pacôme.

— Bonjour Tonton, comment vas-tu ?

— Écoute Natou, je ne vais pas tourner autour du pot, je ne t'appelle pas pour papoter, dit-il d'un ton sec. Ton école m'a appelé ce matin et ils m'ont dit que tu t'es fait renvoyer du restaurant où tu faisais ton stage. Qu'est-ce qui ne va pas chez toi Natacha ?

— Je peux tout t'expliquer Tonton...

— Je suis à la fois curieux et impatient de t'entendre me dire, pourquoi et comment tu as réussi à voler de l'argent à une cliente dans l'espoir de ne pas te faire prendre. Je t'attends à la maison ce soir !

— Oui Tonton... A ce soir.

*****

Finalement, la candidature spontanée était beaucoup plus compliquée que je l'avais imaginée. J'ai parcouru une bonne partie du quartier Louis et aucun des restaurateurs n'a voulu me recevoir. J'ai dû insister pour qu'ils acceptent de garder mon dossier de candidature. A la fin de la matinée, j'avais déposé mes CV dans plus d'une dizaine de restaurants.

Il faut que j'appelle Joe. Déjà pour lui dire ce que sa femme m'a fait, car je pense qu'il devrait être au courant, et aussi pour lui demander de me venir en aide. Je ne peux pas me permettre de rater mon année après tous les efforts que j'ai fournis. Je me suis battue pour avoir une vie normale et voilà que tout menace de voler en éclats à cause d'une folle furieuse, malade de jalousie qui a décidé de me nuire. Je refuse que mon année soit bradée de cette manière ! Il me faut trouver rapidement autre stage. Joe Lawson m'aidera à le trouver. Je l'appelle tout de suite !

Je sortis mon téléphone portable de mon sac, composai le numéro de téléphone de Joe. Au moment de lancer l'appel, quelqu'un me bouscula, mon porte-document tomba sur le sol et, avec le vent, mes CV s'éparpillèrent. Furieuse, je me retournai pour engueuler le distrait qui m'avait heurtée, et au même moment, on m'arracha mon sac à main et mon téléphone portable. L'action s'était passée tellement vite que je n'eus pas le temps de réagir autrement qu'en criant :

— Au voleur ! Au voleur !

Les deux complices prirent la poudre d'escampette.

Oubliant que j'avais des chaussures à talons hauts, je me lançais à leur poursuite. A peine

173

avais-je couru dix mètres, qu'un de mes talons se rompit. Déséquilibrée, je m'étalais de tout mon long sur le trottoir.

Il ne manquait plus que ça ! Je porte vraiment la poisse. Comment une seule personne peut-elle cumuler autant de malheurs en si peu de temps ?

Désemparée, je me relevai tant bien que mal, les genoux endoloris et sanguinolents. J'osais à peine regarder autour moi.

— Ce n'était pas très prudent à vous de marcher comme ça, téléphone en main.

Qui ose me faire une leçon de morale dans un pareil moment ?!

Énervée, je me retournais brusquement vers la personne qui venait de m'adresser la parole. Je découvris un homme d'environ une trentaine d'années, l'allure soignée, le teint couleur café, de taille moyenne.

— Est-ce que je savais qu'il y avait aussi des braqueurs dans ce quartier ! Rétorquai-je au bord de l'agacement.

— Aucun quartier n'est hélas épargné par ces bandits... La prochaine fois, évitez de téléphoner lorsque vous êtes dans la rue.

— Merci pour le conseil... Mais si vous voulez bien m'excuser, il faut que je cherche comment partir d'ici pour Angondgé, alors que je n'ai plus un sou en poche.

Malgré moi, des larmes se mirent à couler le long de mes joues. Je les essuyai du revers de la main. Natacha, la femme forte et déterminée ne devait pas baisser les bras. Pas maintenant.

— Je peux vous y amener si vous voulez.

— Écoutez Monsieur, je ne sais pas quelles sont vos intentions à mon égard, mais je préfère vous prévenir que je n'ai pas l'intention de...

— Vous n'avez rien à craindre de moi, coupa-t-il en posant sur mon avant-bras, une main qui se voulait rassurante. Je veux simplement vous rendre service en toute courtoisie.

— Et pourquoi devrais-je accepter l'aide d'un parfait inconnu ?! Qu'est-ce qui me dit que vous n'êtes pas un assassin ? Hein ?!

Je le toisais. Sans se laisser démonter par mon regard mauvais, il me sourit.

— C'est comme vous voudrez, mais vu l'état de vos vêtements, il serait fort dommage de décliner ma proposition...

Je faillis refuser son aide. Mais comment comptais-je partir de là si je m'entêtais à jouer à la fille difficile ? J'examinai rapidement mon bienfaiteur. Il n'était pas très beau, mais son physique athlétique faisait oublier qu'il n'était pas beau à en mourir. Vêtu d'un polo rose pâle, d'un pantalon en lin blanc, il avait l'allure d'un

JCD[2] en vacances. Je terminai mon inspection en reluquant ses pieds. Des entredoigts en cuir laissaient voir des orteils soignés. Il n'avait pas l'air d'être un assassin. Mais quelle allure ont les assassins ? Il n'y a que dans les films d'action que les malfrats sont habillés en noir, qu'ils portent des lunettes de soleil même quand il fait nuit. Dans la vie de tous les jours, les assassins sont des personnes ordinaires. Si on se méfie des membres de notre famille ou de nos amis mêmes les plus proches, comment pouvons-nous faire confiance à de parfaits inconnus ?

J'ai besoin de rentrer chez moi, prendre une douche, accuser le coup de tous les malheurs qui me sont arrivés avant de continuer ma recherche de stage. Je ne vais donc pas faire la fine bouche.

— C'est d'accord. J'accepte que vous me raccompagniez.

— Finalement ?!

Il s'était adressé à moi avec un regard amusé et une pointe d'ironie dans la voix.

— Oui, finalement, dis-je en ignorant le ton moqueur qu'il avait adopté. Je veux bien que vous me raccompagniez, mais avant, vous allez marquer votre nom et votre numéro de

---

[2] Jeune Cadre Dynamique

téléphone sur ce papier, dis-je en lui montrant le verso d'un de mes CV, maculé de poussière.

Sourcil arqué, il me lança un regard appuyé.

— Écrivez votre nom et votre numéro de téléphone ici, répétais-je, et rajoutez aussi le numéro de votre plaque d'immatriculation, s'il vous plaît.

Dépassé par ce que je venais de lui demander, il leva les yeux au ciel et finit par sortir un stylo d'une des poches de son pantalon et marqua sur la feuille, les informations que je lui avais demandées. Je me mis à lire son nom à haute voix :

— Ndossy Mapaga. Joli prénom.

— Merci.

— J'aime bien les prénoms ethniques. A choisir, j'aurais préféré en porter un, plutôt que m'appeler Natacha. Des Natacha, on en trouve à tous les coins de rue. Enfin... Attendez-moi là. Je reviens.

— Où allez-vous ?

— Je vais donner ces informations à quelqu'un qui pourra alerter la police si je disparaissais de manière étrange après être partie avec vous.

— Vous êtes sérieuse ?!

— Bien sûr que je le suis !

Je m'éloignais de Ndossy Mapaga qui n'en revenait toujours pas de me voir aussi méfiante, et me rendis dans l'un des restaurants où j'avais postulé quelques minutes plus tôt. En me voyant arriver, le portier eut un mouvement de recul. Il n'ouvrit pas complètement la porte du restaurant.

Dégueulasse comme je suis, c'est sûr que je ferais fuir les clients.

— Mon frère, c'est encore moi.

— Mais qu'est-ce qui vous est arrivé ?!

— On vient de me braquer. Je n'ai plus de sac, plus de téléphone portable, enfin je n'ai plus rien. Et j'ai eu la bonne idée de vouloir poursuivre les braqueurs et je suis tombée.

— Eh bien !

— Oui, comme vous dites. Bref. Si je suis venue vous voir, c'est parce qu'il y a un monsieur qui m'a proposé de me raccompagner.

Il pencha la tête pour voir de qui il s'agissait.

— Vous voyez le type qui est adossé sur la voiture blanche là-bas ?

— Oui.

— Eh bien, c'est lui qui me raccompagnera.

Le videur sortit de sa poche son téléphone portable et photographia Ndossy Mapaga en toute discrétion. J'écarquillai les yeux, surprise par son geste.

Et moi qui croyais que j'étais parano quand j'ai demandé à Ndossy Mapaga d'écrire ses renseignements sur un bout de papier...

— Là au moins, j'ai tout. J'ai le type et sa voiture. Tiens, je vous photographie aussi. Si jamais vous disparaissez, on pourra diffuser votre photo pour lancer un avis de recherche. Il me suffira de balancer le tout sur la page Facebook « Info kinguélé ».

— Bon, en même temps, je ne vais pas disparaître, hein ! Lançai-je, soudain apeurée par l'hypothèse que j'avais moi-même évoquée. Tenez, voici les coordonnées du Monsieur. Il prit la feuille, la plia en quatre et la fourra dans l'une des poches de son uniforme. Pouvez-vous me redonner une carte du restaurant ? Mettez-y également votre numéro de téléphone.
Le vigile me donna le tout. Je le remerciai avant d'aller retrouver Monsieur Ndossy Mapaga.

— C'est bon, on peut y aller ?

— Oui, c'est quand vous voulez.
Avant de me déposer chez moi, nous nous sommes arrêtés au commissariat pour faire une déclaration de perte et prendre un rendez-vous pour l'établissement d'une nouvelle carte d'identité. Puis, on s'est arrêtés devant un magasin. Ndossy est descendu de voiture tout seul. Il est revenu quelques minutes plus tard avec un sac en plastique. Un peu plus loin, nous

nous sommes arrêtés devant le kiosque de Libertis, l'un des nombreux opérateurs de téléphonie mobile du pays. Il a acheté des recharges téléphoniques. Une fois de retour dans la voiture, il m'a tendu le tout. Le téléphone portable, la puce et les cartes de recharges téléphoniques.

— C'est pour moi ?!

— Oui.

— Je ne sais pas quoi vous dire...

— Merci suffit.

Je me sentis bête et mal polie surtout.

— Merci, fis-je du bout des lèvres. Mais pourquoi faites-vous tout cela ?

— J'ai simplement eu envie de vous rendre service. Maintenant que vous avez à nouveau un téléphone, vous pourrez appeler votre ami et lui dire que je vous ai déposée saine et sauve.

Il attacha sa ceinture et remit le contact.

— Je vous laisse m'indiquer le chemin qui mène chez vous.

— Oui bien sûr.

Ndossy Mapaga m'a gentiment déposée chez moi. Il n'a eu aucun geste déplacé, ni aucune parole ambiguë à mon égard. Il m'a gentiment rendu service et il est parti.

C'est bien la première fois qu'un homme se comporte comme ça avec moi... C'est plaisant de se sentir respectée.

Pacôme ***

— Je savais qu'on ne pouvait pas compter sur cette fille ! Toi-même tu l'avais traitée de cocotier tordu. Et tout d'un coup, tu as changé d'avis à son sujet. Qu'est-ce ce que tu croyais en tirer, hein Pacôme ?! Tu as voulu jouer les bons samaritains, et où est-ce que ça t'a mené ? Nulle part ! Quand Kwilu a mis Natacha dehors, toute la famille a crié sur elle. Et toi tu t'es laissé embobiner avec son baratin et ses larmes de crocodile. Je sais que tu as subitement changé d'avis au sujet de ta nièce, car tu avais des remords par rapport à ta sœur que tu n'as pas aidée. Paix à l'âme de Judith, mais je ne peux pas m'occuper de quelqu'un qui ne fait qu'accumuler des bêtises !

— Charlotte, s'il te plait...

— Natacha n'est plus une enfant. Elle pourra se débrouiller toute seule ! Moi je préfère me concentrer sur les plus petits.

— Tu veux bien t'arrêter de cancaner Charlotte ?

— Arrêter quoi Pacôme ? Qu'est-ce qui te dérange vraiment dans mes propos ? Tu ne veux pas entendre la vérité ? Bâillonne-moi tant que tu y es ! Natacha nous a fait dépenser des mille et des cents pour son loyer et ses frais de scolarité. Et qu'est-ce qu'on gagne en retour ? Rien ! Elle n'a même pas tenu une année scolaire entière. Si ce ne sont pas ses fesses qu'elle distribue à qui veut, Madame joue au pickpocket sur son lieu de stage. Voler des clients : quelle honte !

Charlotte tapa dans ses mains, s'arrêta un court instant avant de revenir à la charge.

— Puisqu'elle ne veut pas apprendre, il est hors de question qu'on continue de financer quoi que ce soit la concernant ! Tu m'entends Pacôme ? On ne sortira plus le moindre sou pour elle !

— On ne peut pas la laisser tomber de cette façon Charlotte ! Tu n'as donc pas de cœur ?

— Si j'ai un cœur, mais je refuse d'encourager la bêtise ! Si je n'avais pas de cœur, crois-tu que j'aurais accepté qu'on devienne les tuteurs légaux de Grâce et des garçons ? Quand Natacha viendra ce soir, je compte sur toi pour lui annoncer qu'elle devra désormais se débrouiller toute seule !

— Je t'interdis de me parler sur ce ton Charlotte ! Dis-je en pointant vers ma femme, un index menaçant. Elle recula automatiquement et se tint assez éloignée de moi, puis rajouta :

— En tout cas, si tu ne le lui dis pas, c'est moi qui le ferais !

Sur ces paroles, ma femme a quitté la pièce, m'abandonnant à mes réflexions. J'ai voulu donner une chance à Natacha, mais je suis contraint d'abdiquer. Je ne peux pas mettre mon couple en péril à cause d'elle. Si à vingt-cinq ans, elle refuse de se concentrer sur ce qui est important pour elle, quand le fera-t-elle ?

Chapitre 11 : Des résultats tant attendus...

Une semaine plus tard...

Maurice*

Le hall de l'aéroport international Léon MBA était noir de monde. Clara, Mariette et les enfants étaient sapés comme jamais. Ils faisaient tous plaisir à voir.

Les enfants gesticulaient sans cesse et se chamaillaient gentiment au grand désespoir de Clara qui ne parvenait pas à les calmer malgré ses menaces et ses regards mauvais.

— Laisse-les donc s'amuser Clara ! Ils se calmeront une fois dans l'avion.

Résignée, elle soupira et leva les yeux au ciel.

— Vivement qu'on soit dans cet avion alors !

J'éclatai de rire. Mariette me prit à l'écart.

— Tu es sûr que ça ira Maurice ?

Inquiète, Mariette me posait la même question pour la énième fois.

— Mais bien sûr que ça ira, ma chérie. Tu pars pendant quinze jours seulement, ça passera vite, tu verras. Pense plutôt aux emplettes et aux visites touristiques que tu feras, au lieu de te soucier de l'organisation de la maison.

Mariette fit la moue, et enleva des poussières inexistantes sur ma chemise.

— Tu as vu que les rapports entre Inès-Olga et moi se sont améliorés ces derniers jours, n'est-ce pas ?

— Oui. Et je suis vraiment contente de voir que tu te comportes désormais comme un véritable oncle avec elle.

Elle me sourit et déposa un léger baiser sur mes lèvres.

— Je n'ai vraiment pas envie que les choses se passent mal avec Ino.

— Tu me l'as dit au moins cent fois aujourd'hui.

Je me moquai gentiment d'elle.

— Je suis sérieuse, Mapangou.

— Je sais.

— Je ne veux pas faire comme Kwilu et Pacôme qui se sont tour à tour lavé les mains, en ce qui concerne Natacha.

— Premièrement, tu n'es ni Kwilu, ni Pacôme, et deuxièmement, Inès-Olga n'a rien en commun avec sa sœur aînée, Natacha. Elles sont complètement différentes toutes les deux. Donc je ne vois pas comment les choses pourraient se passer de la même manière.

Ma femme soupira.

— Si tu le dis. Surveille-la bien Maurice. C'est tout ce que je te demande. Nous le devons à Judith...

— Sois tranquille Mariette. Tout se passera bien. Et puis dois-je te rappeler qu'Ino n'est plus un bébé ?

— C'est vrai... Mais je m'en veux de la laisser. J'ai l'impression de faire une différence de traitement entre elle et ses cousins.

— Je te comprends parfaitement. Mais je te rassure. Ino a très bien compris, pourquoi elle n'est pas du voyage cette fois. Et sincèrement, je ne pense pas qu'elle t'en veuille pour ça. Après son Bac, je vous offrirai à tous un voyage vers une destination de ton choix.

— Est-ce que j'ai bien entendu ? Tu as bien dit une destination de mon choix ?!

Elle me regardait les étoiles plein les yeux.

— Oui ! Affirmai-je.

Heureuse, Mariette me sauta au cou pour exprimer sa joie débordante.

— Hé ! Les amoureux, sans vouloir vous interrompre, je vous rappelle que nous avons un avion à prendre. La remarque de Clara fut suivie de l'annonce du début de l'embarquement.

Grâce à mes pistons, j'ai pu accompagner Mariette, Clara et les enfants jusqu'à la porte de l'avion. J.B étant resté à Tchibanga, c'est moi qui ai joué au chaperon.

Après que tout ce petit monde ait embarqué, je suis resté à l'aéroport pendant un bon moment encore. Le visage collé contre la vitre qui nous sépare de la piste d'atterrissage, je regardais l'avion prendre l'élan, avant de s'élancer dans les airs et de disparaître dans le ciel.

Enfin Mariette était partie. Elle commençait à me stresser avec ses recommandations sur Inès-Olga. On aurait dit qu'elle avait un pressentiment. En tout cas, intuition ou pas, je rentrais à Tchibanga et j'allais enfin mettre mon plan à exécution. Le cercle m'avait accordé un délai supplémentaire, je devais m'arranger à accomplir le rituel dans les temps. Avec Mariette qui serait à des milliers de kilomètres, je parviendrais assez facilement à mes fins.

Joe***

La sonnerie de mon téléphone retentit.

— Joe Lawson, j'écoute.

— Comment vas-tu Joe ?

— Bonjour Sonia ! Ça peut aller. Et toi ça va ?

— Je vais bien, merci. Dis, tu ne désires plus connaitre les résultats du test de paternité que tu as demandé de faire ou quoi ?

— Bien sûr que si ! Ça y est ? Tu les as ?

— Oui, ils sont disponibles. Souhaites-tu que je te les remette en main propre ou que je te les envoie par mail ?

— Non, pas de mail s'il te plait. Je préfère les avoir en main propre.

— Ok. Je suis au labo, je ne bougerai pas du tout de la journée. Tu peux passer quand tu veux.

— Ok. J'arrive tout de suite !

Les résultats sont enfin là ! Il me tarde de savoir si Natacha est bien ma fille.

— Où vas-tu ? Lança Carmen qui venait d'entrer dans la salle à manger. Elle me regardait de manière suspicieuse.

— Sonia a besoin de moi, dis-je en gardant une voix calme.

— Elle a besoin de toi et c'est toi qui te déplaces ?

188

— Peut-être que si tu étais un peu plus aimable, elle viendrait à la maison. Voilà ce qui arrive quand on se plait à chasser tout le monde.

— Joe ! Comment oses-tu me dire cela ?!

— Comment j'ose te dire quoi, Carmen ? Tu ne vas pas jouer à la femme outrée parce que je ne fais que dire ce qui est. Tu n'aimes pas voir les gens chez nous. Ce n'est pas nouveau. Tout le monde le sait. Et ce n'est pas parce que je ne dis rien que je suis muet et encore moins aveugle. Je vois tes agissements, Carmen. Et malgré mes rappels à l'ordre, tu n'as jamais voulu changer de comportement.

Elle voulut parler, mais je ne lui laissai pas le temps d'en placer une.

— N'essaye pas de te justifier, Carmen. Économise ta salive, c'est mieux. Si tu veux bien m'excuser. Sonia m'attend.

Sans plus rien rajouter, je pris mes clefs de voiture et je sortis. C'est une Carmen ébahie que je laissais derrière moi.

Sur la route, j'avais conduit aussi vite que j'avais pu. Et c'est avec une légère appréhension que je franchis le seuil d'Estuaire Lab. Lorsque je fus dans le bureau de ma cousine, Sonia avait la tête plongée dans les dossiers. A mon arrivée, elle ferma l'énorme classeur qui était devant elle et vint me saluer chaleureusement.

— Comment va mon frère chéri ?

— Ça ira mieux lorsque je connaitrai les résultats du test de paternité.

— Je te les donne tout de suite.

— Tu les connais ?

— Tu veux savoir si j'ai pris connaissance des résultats avant toi ? Non Joe. Je ne ferai jamais une chose pareille. C'est ton test. C'est à toi de prendre connaissance des résultats et de me les montrer, si bien sûr tu le désires.

Sonia se dirigea vers l'immense meuble en acier qui trônait dans son bureau, ouvrit un des nombreux tiroirs fermés à clés et en sortit une grande enveloppe blanche de format A4 et me la remit. Mon nom et mon prénom y étaient inscrits : Joe Lawson. C'est avec la gorge sèche et le cœur palpitant que je saisis l'enveloppe.

— Tu veux que je te laisse seul, pendant que tu découvres les résultats ?

— Non. Tu peux rester Sonia. Si les tests prouvent que Natacha est ma fille, je serais un homme heureux.

— Et si c'est l'inverse ?

— Je serai content d'avoir fait cette démarche. Et en mémoire de Judith, je ne serai jamais très loin de sa fille, et répondrait présent si elle venait à me solliciter.

— Très bien. Je reviens dans un moment.

— Où vas-tu ?

— Tu en poses des questions ! Je vais au petit coin puisque tu veux tout savoir...

— Oh pardon !

On échangea un rire complice avant que Sonia ne sorte de son bureau. Connaissant ma cousine, je sais qu'elle a inventé un prétexte pour me laisser seul le temps que je prenne connaissance des résultats. Le cœur battant la chamade, les mains moites et tremblantes, j'ouvris l'enveloppe, pris une grande inspiration avant de sortir les feuilles contenant le compte rendu des tests ADN.

J'ai évité les tableaux récapitulatifs contenant des données scientifiques, pour me concentrer sur la phrase du compte rendu qui me donnait les résultats de manière plus explicite. « La probabilité de paternité est de 99,9999% ».

— Natacha est bien ma fille ! Elle est ma fille ! J'explosai de joie comme un enfant au pied du sapin le matin de Noël.

Peu de temps après, Sonia était de retour dans son bureau.

— Si je me fie à la tête que tu fais maintenant, et à ce large sourire que tu as jusqu'aux oreilles, tu es le père de cette jeune femme.

— Oui. Je suis le père de Natacha.

— Félicitations !

— Merci. Il ne me reste plus qu'à le lui annoncer.

Carmen***

J'étais surprise par l'attitude de Joe envers moi. Depuis quand Joe se permettait-il de me parler sur un ton bourré de reproches comme il l'avait fait avant de partir ? Il ramenait encore sur le tapis l'histoire de sa famille que je ne voulais pas voir chez nous. Je croyais que cette histoire était définitivement classée. Pourquoi me parlait-il à nouveau de mon comportement ? Était-ce à cause de cette jeune femme qu'il côtoyait qu'il se sentait pousser des ailes ?

Joe pense qu'il peut me parler comme bon lui semble à cause de cette pimbêche ?

Nadia entra dans la salle à manger pendant que je soliloquais.

— Eh ben, dis donc, tu en fais une de ces têtes ! Qui est mort ? Me demanda ma fille avec un ton empreint de moquerie.

Je la toisai, mais elle ne se laissa pas impressionner par mon regard mauvais.

— Où est Papa ?

— Chez Sonia... Ta tante. Elle l'a appelé et il a couru. Apparemment, c'est à cause de moi qu'il est obligé d'aller voir ses parents à l'extérieur. Je suis tellement mauvaise, qu'à cause de moi, plus aucun membre de ma belle-famille n'ose venir ici...

Ma fille prit une banane douce dans la corbeille de fruits, l'éplucha et en mangea un bout avant de me dire :

— Je ne vais pas te mentir, Maman, avec tout le respect que je te dois, je vais te dire la vérité. Papa a raison. Si toute sa famille ne met plus les pieds ici depuis des lustres, c'est à cause de toi.

— Tu prends le parti de ton père ?

— Non, il ne s'agit pas de cela, Maman et tu le sais. Je ne me range pas du côté de Papa juste pour te tenir tête. Tu sais très bien que Papa et moi avons raison.

— La famille de ton père avait de sales manies, et pour me faire respecter dans mon espace, j'ai dû les mettre au pas.

— Alors, ne te plains pas lorsque ton mari te rappelle que c'est à cause de toi que sa famille ne met plus les pieds ici, car c'est la vérité. Ou bien tu aurais aimé qu'il ne dise rien et te laisse mener la danse comme toujours ?

— Nadia !

— Écoute Maman, il ne sert à rien de faire le bras de fer. Si j'étais toi, je ferais un effort de changer d'attitude. Papa est même très gentil, dans d'autres familles, les choses ne se seraient pas passées ainsi.

Si seulement tu savais pourquoi ton père a été docile jusque-là...

Je soupirai.

— J'ai une idée ! S'exclama Nadia, les yeux pétillants.

— Je t'écoute.

— Pourquoi ne pas profiter du repas que tu veux organiser pour inviter aussi Tante Sonia et les autres ?

— Hein ?!

— Tu m'as bien entendue, Maman. Ce sera une occasion de tous nous retrouver ! Ça fait tellement longtemps ! Et Papa sera heureux. A moins que tu ne préfères allumer le feu dans ton ménage. En tout cas, je t'ai dit ce que je pensais. La balle est dans ton camp à présent.

Ma fille avait raison. Même si l'idée de voir Sonia et les autres me déplaisait, si je les conviais au repas de famille, Joe serait ravi. Il ne servait à rien d'agir par la force. Tout devait se faire en finesse. Je devais faire croire à mon mari que j'avais pris sa remarque en compte, alors que dans le fond, il n'en était rien.

— Je vais écouter tes conseils.

— Ah, voilà une bonne décision !

Tout sourire, Nadia me prit dans ses bras.

— Tu verras Maman. Tout se passera bien. Je t'aiderai dans l'organisation.

— Je n'en doute pas. Je te laisse informer Zazou, Alan et tes frères.

— Ok. Au fait, Maman... Pour le problème dont je t'avais parlé à propos de mon comportement lorsque je suis en présence d'Alan...Tu as trouvé une solution ? Car tu m'avais dit que tu t'en chargeais et on n'en a pas reparlé depuis.

— Oui, c'est vrai qu'on n'en a pas reparlé en effet. Mais aie confiance en ta mère. Je trouverai une solution.

— Je crains juste que ces pulsions me prennent à nouveau... Et si ça arrivait à cette fête devant Elsa et le reste de la famille ? Imagine les problèmes que ça causerait !

— Ça n'arrivera pas.

— Comment tu peux en être si sûre ?

— Fais-moi confiance ma fille.

— Ok... Je te fais confiance.

Nadia quitta la pièce. Une fois seule, je visualisais déjà comment j'allais me servir du philtre d'amour...

Le lendemain à Tchibanga...

Maurice***

Anne-Marie avait refusé de rentrer chez elle ce week-end. Sa présence risquait de me compliquer les choses. J'arpentais ma chambre, cherchant comment tromper la vigilance de la dame de ménage. Soudain, j'eus une illumination. Anne-Marie pouvait rester ce week-end à la maison si elle voulait, une chose était sûre : j'irai jusqu'au bout. Je n'avais pas envoyé Mariette et les enfants au bout du monde, pour que finalement la dame de ménage soit un obstacle pour moi ! Lorsque je suis arrivée dans le salon, Inès Olga regardait la télévision et Anne-Marie mettait la table pour le dîner. J'ai proposé de servir l'apéro.

— Une bière, Anne-Marie ?

— Ah, patron, je ne sais pas...

Gênée, Anne-Marie n'osait pas accepter.

— Allez, une petite bière ne te fera pas de mal, bien au contraire ! Après avoir insisté, elle finit par accepter la boisson fraîche que je lui proposais gentiment. Qu'est-ce que je te sers Ino ?

— Du Coca-Cola, Tonton, s'il te plait.

— Ok, je vais préparer tout ça.

Derrière le bar, je préparai l'apéro. Je servis en premier le verre de bière d'Anne-Marie dans lequel je mis du somnifère. Au moment où je commençais à en verser dans celui d'Inès-Olga, elle se leva du canapé et me proposa son aide. Elle faillit me surprendre en train de faire mes mélanges. J'ai gentiment décliné son aide en affirmant que c'est moi qui les servais elle et Anne-Marie.

— Si Madame Mariette voyait ça, elle s'étranglerait... Commenta Anne-Marie, en riant.

— Laisse Mariette où elle est et apprécie le moment présent Anne-Marie. Ce n'est pas tous les jours que je serai à ton service.

— C'est vrai Monsieur. Me dit-elle en souriant.

Je déposai le plateau rempli de boisson sur la table basse et invitai Anne-Marie et Ino à trinquer avec moi.

— À la santé, dis-je en levant mon verre.

— À la santé, répondirent-elles en chœur.

Nous sommes passés à table. Et au milieu du repas, Anne-Marie se mit à bâiller sans cesse.

— Je ne comprends pas ce qui m'arrive... S'excusa-t-elle.

— Tu es certainement fatiguée.

— Mais il est à peine vingt et une heure... Je ne me couche pas avant minuit au moins...

— Il y a des jours comme ça.

— Je vais débarrasser la table et aller me coucher...

Oui, c'est une excellente idée.

Je jetais des coups d'œil vers Inès-Olga qui commençait à bâiller également.

Elle aussi ressent les effets du produit que j'ai mis dans son verre... C'est ce soir que je parviendrai à mes fins.

J'ai laissé les deux femmes dans le salon et je me suis retiré dans ma chambre. J'attendais qu'Anne-Marie soit complètement endormie pour aller retrouver Ino dans sa chambre.

Chapitre 12 : L'étau se resserre...

Elsa***

Ce matin, j'avais reçu un message de Nadia. Elle désirait qu'on se voie le plus tôt possible. J'étais un peu nerveuse à l'idée d'aller chez mon oncle et ma tante, alors, j'ai inventé une excuse pour ne pas me rendre au quartier Okala. Je ne me sentais pas encore assez forte pour affronter Tante Carmen. Une chose était sûre, si j'allais chez eux aujourd'hui, je n'aurais qu'une seule envie : l'étrangler. Je serais tentée de réagir selon la chair, or le Seigneur nous dit que nous ne combattons pas la chair, mais plutôt l'esprit. Et c'est en esprit que je devais régler son compte à ma tante. De plus, il ne fallait pas qu'elle sache que je l'avais démasquée. En tout cas, pas maintenant. Elle devait me croire toujours à sa merci.

Je devais continuer à me comporter normalement, de telle sorte qu'elle ne se doute de rien.

J'étais assise à la terrasse du BirdyArt depuis une bonne vingtaine de minutes lorsque Nadia, Tony et Eddy me rejoignirent.

— Comme ça fait du bien de vous voir !

Je me levai de ma chaise pour embrasser mes frères et sœur.

— Oh oui, que ça fait du bien d'être là, tous les quatre ! Affirma Eddy qui prit place à ma gauche.

— Si ma mémoire est bonne, commença Tony qui s'assit en face d'Eddy, ça fait plus d'un mois que Nadia cherche à organiser cette rencontre.

— Tu as une bonne mémoire Tony, en effet, ça fait plus d'un mois que je cherche à nous réunir, mais avec nos plannings différents, et chargés, ce n'était pas évident de nous libérer au même moment.

— Alors, maintenant que nous sommes réunis tous les quatre, tu peux enfin nous dire quel est l'objet de cette rencontre entre frères et sœurs ? Demandai-je curieuse.

— On doit fixer une date tous ensemble pour un repas de famille. Depuis qu'Elsa et moi sommes rentrées au Gabon, nous ne nous sommes pas retrouvés en famille. Et il y a une nouveauté dans le programme.

— Ah oui, laquelle ? Je suis curieux de le savoir. Fit Eddy, la voix enjouée.

— Nous devons inviter la famille de Papa. Répondit Nadia au plus jeune de la fratrie.

— Et Maman sera d'accord avec ça ?! S'étonna Tony.

Je me posais la même question que Tony. Pressée de connaitre la réponse, je me tournais vers Nadia.

— Maman est-elle d'accord avec ça ? Elle qui n'aime pas se sentir envahie.

— J'en ai parlé avec elle ce matin, et j'ai réussi à la convaincre.

— Ah oui ?!

— Oui Zazou. Et elle a accepté que la famille de Papa soit présente à ce repas.

— Tous ?! Demanda Eddy aussi surpris que Tony et moi.

— Pour l'instant, il n'y a que Tante Sonia, son mari et ses enfants qui sont conviés.

— Ok. Pour Maman, c'est déjà beaucoup ! On peut même s'arrêter là, car il ne faudrait pas que ça dégénère...

— N'attire pas le malheur Tony ! Rouspéta Nadia. Alors on se met d'accord pour une date ? Dit-elle en essayant de garder un ton sérieux.

Puis, elle sortit son organiser. Est-ce que le samedi en quinze tout le monde est disponible ? Chacun de nous consulta son programme sur son smartphone. Personne n'avait rien prévu à la date proposée par Nadia.

— Ce sera l'occasion pour vous de ramener vos chéries ! Lança-t-elle à nos deux frères.
Je surenchéris :

— Oui, Nadia a raison ! Quelles sont ces belles-sœurs-là, qu'on ne voit jamais ?

— Ne vous inquiétez pas, vous les verrez.

— On espère bien. Dis-je, amusée.

— Et toi Nadia, ça se passe bien à ton boulot ?

— Oui, super bien !
Elle me chuchota :

— Mon chef est hyper canon et je crois que je ne le laisse pas indifférent non plus.

— Celui avec qui Alan t'a vue à la soirée ?
Elle tiqua.

— Il t'a parlé de la soirée ?

— Oui.
Elle blêmit.

— ...Et que t'a-t-il dit ?

— Il m'a dit que tu avais un peu forcé sur l'alcool. Pourquoi cette question ? Y a-t-il autre chose que je devrais savoir ?

— Non, non. Il n'y a rien d'autre à ajouter... Alan a dit vrai... J'avais pris un verre de trop...

Elle me sourit, mais je la sentais gênée lorsqu'elle parlait de ce détail de la soirée où elle avait un peu trop bu. Pour la mettre à l'aise, je changeais de sujet.

— Si ton chef te plait, pourquoi tu ne le lui fais pas savoir ?

— Je crois qu'il s'en doute.

— Mais qu'est-ce qui coince alors ?

— J'attends qu'il fasse le premier pas.

— De nos jours, les filles aussi peuvent draguer, tu sais. Si j'étais toi, je l'inviterais au repas que nous organisons.

— L'inviter ?

— Oui, l'inviter !

— Mais en tant que qui ?

— Ben, comme un ami, rien de plus.

— Comme ça, je donnerai mon avis sur lui.

— Hé les filles, vous avez fini vos cachoteries oui ?

— On ne fait pas de cachoteries.

— C'est ça !

— Ce n'est pas tout, mais moi j'ai faim. Grommela Tony qui venait de terminer le bol d'arachides grillées déposé sur la table un peu plus tôt.

Il fit signe au serveur qui arriva aussitôt, avec les cartes de menus.

Natacha***

J'avais l'impression de faire un cauchemar. Je n'arrivais toujours pas à croire que ce qui m'arrivait était bien réel. Tonton Pacôme avait catégoriquement refusé d'écouter ma version des faits. L'école lui avait fait le compte rendu de ce qui s'était passé au restaurant chez Baco. Il a appelé le responsable du restaurant qui lui a confirmé qu'on a bien retrouvé le portefeuille de Madame Lawson en ma possession et pour mon oncle, c'était suffisant. Il n'y avait plus rien à rajouter.

Tonton Pacôme n'avait même pas cherché à entendre ma version des faits. J'ai voulu lui expliquer que cette femme était contre moi. J'ai même voulu lui dire que Maman avait eu une aventure avec le mari de cette femme, et que ce qui m'arrivait avait peut-être un lien avec tout ça. Mais mon oncle n'a rien voulu entendre.

— « Et dire que j'ai cru en toi, Natacha. Je t'ai donné une seconde chance, et qu'est-ce que tu en as fait ? Tu as craché dessus ! Je croyais que tu avais vraiment envie de t'en sortir. J'ai mis toute ma confiance en toi, je me suis même brouillé avec ma femme, et comment tu me remercies ? En me faisant honte ! Après la prostitution, te voici voleuse. Je suis désolé, mais je ne pourrai plus assurer tes charges. Il faudra que tu te débrouilles toute seule à présent. De toutes les façons, avant que je ne t'apporte mon aide, tu avais toujours réussi à te prendre en charge, n'est-ce pas ? Tu y arriveras à nouveau sans moi... », avait-il dit, déçu.

J'ai pleuré, crié, supplié, mais la décision de mon oncle était radicale. Encouragé par Tantine Charlotte, il a mis fin au bail et a récupéré auprès du propriétaire, le montant de la caution. Il fallait donc que je quitte mon studio dans les plus brefs délais.

Toute seule, je ne pourrai pas assumer le montant du loyer.

J'ai pensé à Joe Lawson. Mais où le trouver ? La seule fois que lui et moi avons déjeuné ensemble, je n'avais même pas pris la peine de m'intéresser à savoir où il travaille. Et lorsqu'il m'a remis sa carte de visite, je l'avais rangée dans mon sac sans prendre la peine de la lire dans les détails. Et la seule fois où j'ai voulu en faire bon usage, j'ai été victime d'un vol à la tire.

J'avais quasiment rangé toutes mes affaires dans les cartons. J'ai cassé ma tirelire. Le montant de toutes mes économies s'élevait à deux cent mille francs.

Pendant combien de temps, vais-je tenir avec cette somme ?

Jocelyne était passée chez moi à l'improviste. Comme elle n'arrivait pas à me joindre par téléphone, elle avait peur qu'il me soit arrivé quelque chose de grave. Elle était désolée pour mon renvoi. Et elle m'a également transmis un message écrit par Ariane.

— Écoute Jocelyne, je n'éprouve pas de la colère envers vous et je suis sincère quand je le dis. J'avais ce portefeuille sur moi et je crois savoir comment il a fait pour se retrouver en ma possession.

— Ah bon ?

— Oui. Je me suis repassé cette soirée en boucle dans ma tête et je me suis souvenue avoir retiré mon sac banane à un moment. Et je crois que c'est à ce moment-là que le complice de Madame Lawson est entré en scène.

— J'ai pensé comme toi ! Quelqu'un du restaurant l'a aidée à te piéger.

— Je m'entendais pourtant super bien avec tout le monde. Pourquoi quelqu'un a-t-il aidé cette femme à me faire du mal ? Je n'étais une menace pour personne. J'étais en stage !

— M. Baco avait parlé de t'embaucher après ça et au restaurant, il y en a qui sont en CDD et qui ne savent pas s'ils passeront enfin en CDI. Une proposition de Madame Lawson faite à quelqu'un pour aider à t'éjecter de la course.

— Une chose est sûre, cette personne le paiera, crois-moi ! Pour l'instant, je reste concentré sur ma recherche de logement. Il faut que je trouve même une chambre, et ce, le plus rapidement possible.

— Près de chez moi, il y a une chambre à louer.

— Ah bon ?

— Oui.

— Tu connais le montant du loyer ?

— Non, mais je peux demander à la propriétaire.

— Fais-le pour moi s'il te plait, je dois déménager avant la fin de la semaine.

— Ok. Je te donnerai les renseignements dès que je les aurai.

Jocelyne était restée encore quelque temps avec moi et puis elle était partie. Je n'ai pas voulu dire ouvertement à Jocelyne que je soupçonnais Yorick. On ne sait jamais, elle pourrait le répéter. Si mon ancien collègue avait bel et bien aidé Carmen à fomenter ce coup contre moi, j'allais bien finir par le savoir.

Quel que soit le temps que ça prendra, la vérité finira bien par triompher.

Maurice***

Dans ma chambre, l'oreille tendue, j'attendais patiemment que cesse le remue-ménage dans la salle à manger. Je me sentais un peu nerveux par rapport à ce que je m'apprêtais à faire. Je pensais à Mariette qui n'avait cessé de me demander de bien m'occuper d'Inès-Olga, j'avais l'impression de la trahir, mais je n'avais pas d'autre choix que celui de respecter mon engagement dans le Cercle...

Je sentis une vague de culpabilité m'envahir en repensant à toutes les recommandations faites par Mariette avant son départ. Je chassai vite fait ce sentiment parasite.

Ce n'est pas le moment de se laisser gagner par les émotions. Si je veux continuer à garder les avantages que m'offre Le Cercle, il faut que je fasse ce rituel. Pour maintenir le confort de la famille et continuer d'avoir le même train de vie, il faut que je prenne la virginité de ma nièce. Ce n'est plus le moment de reculer. Avec la dose de drogue que j'ai mise dans son soda, elle ne se souviendra de rien. J'aurai juste à m'introduire dans sa chambre, me glisser dans son lit et prendre sa pureté. Anne-Marie n'entendra rien. Elle dormira à poings fermés. Une fois que j'aurai fini, je retournerai dans ma chambre. Ni vu ni connu, et la vie pourra suivre son cours.

De toutes les façons, si je le fais, c'est pour notre bien à tous, y compris celui d'Inès-Olga.

Inès-Olga ***

Je me sentais bizarre. J'avais mal à la tête, j'avais le tournis et je ressentais comme des bouffées de chaleur. Je n'avais même pas pu terminer mon repas. J'avais à peine mangé la moitié de mon assiette, que j'ai commencé à me sentir mal. Ces malaises étaient-ils liés à la cuisine d'Anne-Marie ? Ce n'était pourtant pas la première fois que je mangeais ce qu'elle avait préparé.

Dans le doute, j'avais préféré vider le reste de mon assiette à la poubelle. J'avais aidé Anne-Marie à tout ranger. Une fois que nous avions terminé de tout mettre en ordre, chacune de nous est allée dans sa chambre. Nous nous sentions bizarres toutes les deux. Elle tombait de sommeil et moi j'avais des bouffées de chaleur qui persistaient.

Une fois dans ma chambre, je me déshabillai à la hâte et je me glissai dans la cabine de douche. Le jet d'eau froide ouvert à fond, martelait ma peau tout en me rafraîchissant. Après une bonne vingtaine de minutes passées à me rafraîchir, je sortis de la douche. J'étalai mon drap de bain sur le lit et m'allongeai dessus nue et ruisselante.

Je vais essayer de trouver le sommeil ...

Maurice Mapangou ***

C'est bon, je n'entends plus aucun bruit.
Je sortis de ma chambre à pas de loup pour rejoindre celle d'Inès-Olga. Le cœur battant, je veillais à ne faire aucun bruit. En principe, avec la dose de drogue mise dans leur boisson respective, Anne-Marie dormait à poings fermés et Ino aussi. Une fois que je fus devant la porte de la chambre de ma nièce, j'actionnai la poignée.

— Ouf ! La porte n'est pas verrouillée.
J'aperçus Inès-Olga allongée dans son lit. Je restais sur le seuil sans bouger pendant un moment. Je l'entendais respirer dans un ronronnement doux et léger.
Elle dort !
Les rideaux ouverts permettaient à la pleine lune d'éclairer la chambre de sa lumière bleutée. Et en regardant bien Inès-Olga, je m'aperçus qu'elle était nue. Un sentiment étrange m'envahit.
Je ne peux pas le faire. Je ne peux pas coucher avec ma nièce. Je ne peux pas faire ça, en tout cas, pas en étant sobre... Je pensais que ce serait facile. Qu'il suffirait de la droguer, de m'introduire dans sa chambre et de me glisser

dans son lit. Mais voilà que ma conscience s'en mêle.

Perturbé, je sortis de la chambre de ma nièce et me réfugiais dans le salon, où je me servis plusieurs verres de whisky.

L'alcool m'aidera à passer à l'acte sans état d'âme.

Plusieurs minutes plus tard, je m'introduis à nouveau dans la chambre d'Inès-Olga. Désinhibé par l'alcool, j'étais prêt à aller jusqu'au bout cette fois-ci. Je me suis approché de son lit : elle dormait paisiblement. La vision de sa nudité fit réagir mon corps de mâle. C'était une jeune femme pure et belle qui se trouvait devant moi. Je me déshabillais à la hâte et m'allongeais à côté d'elle. Le cœur battant, je me plaquais contre elle et me mis à la caresser. Sa peau était douce et soyeuse. Dans son sommeil, elle bougea légèrement et se retrouva les jambes écartées. Mes doigts se mirent à explorer son entrecuisse. Toujours endormie, elle ne réagissait pas.

La drogue l'a mise k.o. je peux donc la prendre vite fait et retourner dans ma chambre...

Inès-Olga***

Je sentais des mains se balader sur mon corps, puis entre mes cuisses : encore un rêve érotique. Depuis l'épisode de Jordan et moi sur le canapé, j'en faisais régulièrement. Habituellement, je me sentais bien dans mon rêve, mais là, j'avais l'impression qu'on me forçait. Des doigts insistants farfouillaient mon sexe, et essayaient de s'introduire en moi. Paniquée, je me réveillai en sursaut et me retrouvai nez à nez avec mon oncle ! Je criai de toutes mes forces. La main sur ma bouche, il me bâillonna aussitôt.

— Chut ! Tu vas faire ce que je vais te dire et tout se passera bien.

Faire ce qu'il va me dire et tout se passera bien. Tout ? C'est quoi TOUT ? Il est hors de question que je fasse quoi que ce soit avec Tonton Maurice !

Des larmes de peur et de désespoir m'emplirent les yeux.

C'est affreux ! Pourquoi ça ? Pourquoi moi ?!

— Je veux bien retirer ma main de ta bouche, mais il faut que tu me promettes que tu ne crieras plus.

Je hochai la tête. Méfiant, il retira sa main progressivement.

— Tu dois certainement te demander ce que je fais là, nu dans ton lit, n'est-ce pas ?

Son haleine puait l'alcool, sa présence près de moi me répugnait. J'avais envie d'une seule chose : être à des milliers de kilomètres d'ici. J'avais envie que tout ceci ne soit qu'un mauvais rêve, mais la présence du mari de ma tante, là, près de moi, me confirmait que ce n'était pas le cas. Je vivais un cauchemar toute éveillée.

Tonton Maurice veut profiter de l'absence de Tantine Mariette, pour abuser de moi ? Oh mon Dieu, viens-moi en aide par pitié !

— Nous allons faire ce qu'un homme et une femme font dans une chambre... Tu sais, ce que tu t'apprêtais à faire avec ce jeune homme, comment il s'appelle déjà ? Jordan c'est ça ? Nous allons faire ce que Jordan et toi vous vous apprêtiez à faire ce fameux jour où vous aviez été surpris par Kwilu...

Mon Dieu ! Dis-moi que ce n'est qu'un cauchemar. Dis-moi que je vais me réveiller et que mon oncle ne sera plus là, nu dans mon lit ! Je cessai de pleurer et me mis à réfléchir très vite. *Que faire pour sortir de cette situation ? Il est hors de question que Maurice et moi... (Oui, je l'appelle Maurice car ce sorcier ne mérite plus que je l'appelle Tonton) ... Il est hors de question que Maurice et moi fassions quoi que ce soit ensemble ! Rien que le fait d'y penser me dégoute. Son haleine de chacal, et son rire cynique me répugnent ! Il me donne envie de vomir. Il faut que je lui fasse croire que je marche dans sa combine. Gagner du temps, c'est seulement comme ça que je pourrai lui échapper...ou pas...*

Je me redressai. Assise sur mon lit, un sourire forcé plaqué sur mes lèvres, je fixais Maurice droit dans les yeux pour ne pas avoir à regarder sa nudité.

— Tu veux qu'on couche ensemble, c'est ça ?

Il eut quelques secondes d'hésitation. Il n'avait pas prévu que je réagisse de cette façon. Ça se voyait à la lueur dans ses yeux et à ce rictus d'homme excité qu'il m'adressait.

— Mais il y a juste une chose qui m'inquiète...

— Laquelle ?

— Anne-Marie pourrait nous entendre... Et elle répèterait tout à Tantine Mariette...

— Ça n'arrivera pas. Anne-Marie dort profondément. Dit-il plein d'assurance.

A cette phrase, mon cœur cogna douloureusement dans ma poitrine. Comment pouvait-il être sûr qu'elle dormait profondément ? Cette soudaine envie de dormir d'Anne-Marie... Mes malaises... Serait-ce lui le responsable de tout ça ? Les bouffées de chaleur me reprirent. Mon cœur continuait à battre très fortement. Mon estomac se souleva. Je courus jusqu'à la salle de douche de ma chambre et me vidais l'estomac dans les toilettes, puis je repris une douche. J'avais besoin de me rafraîchir et surtout de gagner du temps. J'ai essayé de rassurer le mari de ma tante, en prétextant faire une toilette intime. Lorsque je sortis de la cabine de douche, Maurice était là. Entièrement nu. Son sexe en érection dans sa main.

— Suce-moi ! M'ordonna-t-il.

Réfléchir vite, très vite... Gagner du temps... Trouver quelque chose... Inventer une excuse et me retrouver loin, très loin d'ici... Tels étaient mes souhaits. Sans me laisser perturber par le ton autoritaire qu'il avait employé, je sortis de la cabine de douche, pris une serviette de toilette sèche et me tamponnais le corps lentement. Je faisais croire au mari de ma tante que je lui offrais un spectacle érotique. Gagner du temps...Voici ce que j'essayais de faire. Il riait comme un maboul.

J'ai l'impression que ça marche.

— On sera beaucoup plus à l'aise sur mon lit. Dis-je après avoir rassemblé tout ce qui me restait comme courage.

Gagner du temps... Inventer une excuse pour lui échapper...

Sans attendre sa réponse, je regagnai ma chambre. Maurice me suivait comme un chien qui veut son os. Voyant que je ne présentais aucune résistance, il baissa la garde. Il s'assit sur

215

le bord de mon lit, tenant toujours son sexe dans sa main.

— Suce-moi… Il réitéra sa demande.

— C'est que… Je n'ai jamais…

— Tu as peur de ne pas savoir t'y prendre, car tu es vierge, n'est-ce pas ?
Je hochai la tête.

— Ne t'inquiète pas pour ça. Je te dirai comment faire…
A cet instant, je n'avais qu'une seule envie : disparaitre. Être à des milliers de kilomètres d'ici…

Chapitre 13 : Avancer malgré tout

Inès-Olga***

Assis sur mon lit, tenant toujours son sexe raidi dans sa main, mon oncle m'avait ordonné de lui faire une fellation. Réalisant à peine ce qui se passait, je restais immobile devant lui. J'étais pétrifiée. Dans ma tête, les mêmes questions revenaient en boucle.

Pourquoi moi ? Pourquoi cela ? Le mari de ma tante est-il devenu fou ?

Je voulais que le temps s'arrête. J'aurais aimé posséder des pouvoirs magiques afin de tout figer et m'échapper. Partir loin. Mais hélas ! Étant 100% humaine, sans aucun don surnaturel, j'étais là, toute seule, à la merci de mon oncle.

Personne ne pouvait me venir en aide. Même pas la dame de ménage. Anne-Marie dormait.

Et même si je criais, elle ne m'entendrait certainement pas. Mon oncle l'avait droguée. Tout comme il m'avait droguée pour arriver à ses fins. Je décidai alors d'utiliser ma dernière carte : celle de la pitié.

Je vais le supplier. Je lui demanderai de me laisser partir. Je lui promettrai que je ne dirai rien à personne. Je jurerai sur ma vie s'il le faut !

Voyant que je ne bougeais toujours pas, c'est avec un ton au bord de l'impatience, que mon oncle me demanda de m'activer. Et comme je ne fis toujours rien, il réitéra sa demande avec une voix beaucoup plus menaçante.

— Je t'en supplie Tonton Maurice... Laisse-moi partir... Je te promets que je ne dirai rien à personne... Je le jure sur ma vie !

— Te laisser partir ? Te laisser partir où, Inès-Olga ?! Je ne te laisserai aller nulle part. Et même si je le voulais, je ne le peux pas. Nous allons coucher ensemble. Et après, et seulement après je te laisserai tranquille. Oui, après, tu pourras garder tout ça pour toi. Ce sera un secret. Notre secret. Personne ne devra être au courant. Ni Natacha, ni Anne-Marie, ni Mariette. Surtout pas Mariette... Tu veux me faire une promesse sur ta vie ? Garder secret ce qui se passera entre nous sera pour moi la plus belle des promesses. Oui, tu pourras me le promettre après que nous soyons passés à l'acte. La plus belle des promesses.

Quelle ironie ! La haine me montait au cœur, et se répandait dans mon ventre, et dans mon corps tout entier. La colère et la révolte me consumaient jusqu'à la moelle épinière et je ne pus refouler les larmes que je sentais monter. Je les laissais ruisseler le long de mes joues.

Pourquoi moi ? Pourquoi ça ? Où es-tu Mon Dieu ? Où es-tu ?!

Et si je tentais de m'enfuir ? Maurice me rattraperait sûrement. Il est beaucoup trop grand et trop fort pour que je puisse lutter physiquement contre lui...

— Ça suffit maintenant Ino ! Nous avons assez perdu de temps à blablater. Le moment est venu de passer aux choses beaucoup plus intéressantes et plus sérieuses.

Le mari de ma tante se leva, me saisit fermement par le bras, puis m'obligea à m'agenouiller devant lui. Il empoigna mes cheveux m'obligeant à rester immobile. Son sexe devant mon visage, il m'ordonna à nouveau de lui faire cet acte immonde et répugnant.

Il veut que je le suce, n'est-ce pas ? Je vais lui faire la pipe de sa vie. Celle-là, il s'en souviendra jusqu'à son dernier jour ! Pour ça, il peut compter sur moi !

Je passais ma langue sur mes lèvres en regardant mon oncle droit dans les yeux. Avec l'excitation, il lâcha mes cheveux. Je l'entrainai à nouveau vers le lit où il s'assit, jambes écartées, son sexe orienté vers mon visage.

J'ouvris grand la bouche et je serrai mes mâchoires sur ce sexe assassin, je serrais fort. Maurice se mit à hurler. Et je serrais de plus belle. C'était à son tour de supplier. Mais je ne lâchais pas. Je serrais encore et encore.

Je vais lui enlever toute envie de recommencer. Je vais l'émasculer s'il le faut !

Maurice criait, mais je continuais de le mordre. Et puis, je desserrais enfin mes mâchoires et le libérais. Tandis qu'il se tordait de douleur, et me maudissait par tous les diables, je me levai rapidement, pris mon petit sac à main posé sur ma chaise de bureau et sortis précipitamment de ma chambre que je fermai à double tour, emportant les clefs avec moi.

Je lui ai échappé ! J'ai réussi à m'extirper des griffes de cet assassin ! Mon Dieu, j'y crois à peine !

Les jambes tremblantes et le cœur battant la chamade, je courus me réfugier dans la chambre d'Anne-Marie. Elle dormait. Je tentais de la réveiller à coups de gifles. Au bout de quelques minutes, elle ouvrit enfin les yeux.

— Anne-Marie, il faut qu'on parte d'ici !
Éblouie par la lumière, elle clignait des yeux sans arrêt.

— Debout Anne-Marie ! Il faut partir d'ici tout de suite ! Lui ordonnai-je en la secouant sans ménagement.

— Par... Partir où ? Pour... Pourquoi ?

— Je t'expliquerai plus tard. Pour cacher ma nudité, je pris dans le placard d'Anne-Marie une robe caba que j'enfilai rapidement, et j'obligeai la dame de ménage à se mettre debout. Je pris sur la table de chevet son sac et y mis certains de ses effets.

Mon oncle avait l'habitude de laisser trainer de l'argent un peu partout dans la maison. Je n'eus pas de mal à en trouver. Je pris un tas de billets que je mis dans mon sac sans compter le montant exact, je fis un tour dans la cuisine où je me gargarisais et me rinçais la bouche, avant de m'enfuir de la maison de mes tuteurs.

Maurice***

Merde ! Je pisse le sang ! Elle ne m'a pas raté l'imbécile ! Si je l'attrape, je vais lui faire regretter son geste. Cette petite salope a osé jouer à la plus maligne avec moi ?!

Je courus à la douche et passai mon sexe sous le jet d'eau. J'attendis que les saignements s'arrêtent pour constater les dégâts.

Cette enflure m'a bien amoché. La morsure est considérable. Un peu plus, et elle m'arrachait le gland avec ses dents.

J'actionnai la poignée de la porte en vain.

Je ne le crois pas : elle m'a enfermé ! Ah Mapangou, qu'as-tu fait ? Comment as-tu pu te faire avoir de la sorte par cette gamine ?

Furieux, je défonçai la porte et dans une colère noire, je me précipitai dans ma chambre clopin-clopant. J'enfilai un pantalon ample, et rejoignis le salon en me forçant à marcher droit.

Inès-Olga a osé me mordre, et m'enfermer ensuite ! Je vais le lui faire regretter ! Elle peut en être certaine ! Quand je pense que j'ai voulu y aller doucement avec elle, je m'en veux amèrement. J'aurais dû prendre sa virginité quand j'en ai eu l'occasion. Comment ai-je pu croire un seul instant qu'elle pouvait être consentante ? Quel imbécile je suis !

— Inès-Olga ! Hurlais-je comme un fou. Viens ici tout de suite !

Je me mis à la chercher dans toutes les pièces de la maison. A ma grande déception, je ne la trouvais nulle part.

Où a-t-elle bien pu passer ? Peut-être est-elle allée se réfugier auprès de la dame de ménage.

J'hésitais une seconde avant d'entrer dans la chambre d'Anne-Marie.

Et puis merde !

Furieux, je poussai la porte et entrai sans toquer. Il n'y avait plus personne là non plus. J'ai regardé sous le lit, dans les placards. Aucune trace des deux femmes. Désemparé, j'ai couru jusque dans le séjour. Pas d'Anne-Marie et Inès-Olga, ni dans le salon ni dans les chambres.

Elles se sont enfuies ! Que vais-je dire au Cercle ?! Ils m'ont déjà accordé du temps supplémentaire, il sera difficile d'obtenir une nouvelle dérogation. Si je ne les retrouve pas toutes les deux, je suis un homme mort !

Les vapeurs de l'alcool se dissipaient de mon cerveau sur-le-champ.

Que dois-je faire ? Me lancer à la poursuite de cette impertinente ? Signaler sa fugue à la police ? Que vais-je dire à Mariette ? Que sa nièce s'est évanouie dans la nature après l'avoir contrainte à me faire une fellation et que je voulais lui voler son pucelage pour accomplir le rituel imposé par le cercle ?

Je tournais comme un lion en cage tout en cherchant une solution. Finalement, je sortis de la maison, pris ma voiture et me lançai à la poursuite des deux fugitives.

Inès-Olga***

Je l'ai mordu à sang, bien fait pour lui ! Il a eu ! il l'a bien mérité le Maurice ! Un vicieux comme ça ! Franchement, il a vraiment cru que j'allais sucer son sale machin-là ?!

Anne-Marie, encore dans les vapes avait du mal à comprendre ce qui se passait. Pour éviter que Maurice nous rattrape, je décidai d'emprunter des petits chemins plutôt que de rejoindre directement la voie principale par le chemin habituel.

Ce qui m'était arrivé ce soir était tellement irréel. Et moi qui pensais que mon oncle m'avait finalement acceptée. Toutes ses marques de sympathie, les pizzas par-ci, les cartes de recharge téléphoniques par-là. Tout ceci n'était que du cinéma. Des mises en scène calculées à l'avance, dans le seul but de me faire baisser la garde. Maintenant, j'étais sûre et certaine qu'il avait préparé son coup depuis un bout de temps. Il avait éloigné Tantine Mariette et les enfants pour que je sois seule avec lui... Il avait tout prévu...

Instinct de survie oblige : j'ai fui sans penser à quoi que ce soit et encore moins à qui que ce soit. Comment réagirait ma tante, quand, rentrée de

voyage, elle ne me trouverait pas à la maison ?
M'en voudrait-elle d'être partie derrière elle ?
Me défendra-t-elle lorsque son mari avancera
tous les arguments qui lui passeront par la tête
pour me salir ? Croirait-elle en moi, quand vexé
de n'avoir pas pu assouvir ses fantasmes de
pervers, mon oncle renverserait la situation et
tenterait de tout mettre sur mon dos ? Parce que
je savais déjà que c'est ce qu'il essaierait de faire.
C'était comme ça que fonctionnaient les hommes
de son espèce : ils mentent. Tantine Mariette
serait-elle de mon côté ?

J'en doute...

Anne-Marie et moi avons fini par atteindre la
voie principale tant bien que mal. Apeurée et
méfiante, je regardais sans cesse derrière moi.
J'étais terrorisée à l'idée que mon oncle nous
rattrape. La route était déserte. Je n'avais aucune
idée de l'heure qu'il faisait. Mais la musique
qu'on entendait au loin nous indiquait que c'était
la fête pour certains.

— Tu vas enfin... m'expliquer pourquoi...
nous fuyons ? Rouspéta Anne-Marie dont les
effets des somnifères s'étaient à peine
amenuisés.

— Mon oncle nous a drogué toutes les deux.
Et il a essayé d'abuser de moi. Ça te va comme
explication ?

— M. Maurice... a fait ça ?!...

— Oui ! C'est un salaud ! Un chien ! Un sorcier ! Maintenant, prions pour qu'un taxi passe et qu'on parte d'ici au plus vite. Car après ce que je lui ai fait, il vaudrait mieux pour toutes les deux qu'il ne nous rattrape pas.

Anne-Marie luttait pour ne pas que se ferment ses paupières visiblement trop lourdes encore. A peine avais-je terminé ma phrase, que j'aperçus une voiture arriver au loin.

Méfiante, je tirais Anne-Marie sur le bas-côté. Nous nous sommes cachées derrière de hautes herbes.

Prudence oblige. Nous sommes deux femmes seules en pleine nuit. Nous sommes d'éventuelles cibles, pour un prédateur en quête de proie.

Arrivée à notre hauteur, la voiture ralentit. Le cœur battant, je me tus, et me recroquevillai sur moi-même et demandai à Anne-Marie d'adopter la même posture que moi. L'index sur la bouche, je lui fis signe de garder le silence. A travers les hautes herbes, je reconnus la voiture de mon *oncle.*

Merde ! Il nous a rattrapées !

Le lendemain à Libreville...

Alan Essongué***

Elsa dormait encore. Son joli visage était paisible. Ça faisait longtemps que je ne l'avais pas vu aussi reposée. Elle pensait encore à Mathis, et moi aussi d'ailleurs, mais la douleur était moins vive. On avait réussi à la dompter. A vivre avec. Maintenant, on en parlait comme le souvenir de quelqu'un qu'on a connu et aimé, mais qui est parti trop tôt.

Je sortis du lit, en prenant soin de ne pas réveiller ma femme.

J'avais une réunion importante ce matin avec mon équipe. Il fallait qu'on mette les bouchées doubles jusqu'au lancement officiel de Rodionga. La date de sortie de la boisson approchait à grands pas et la liste des tâches à finaliser était toujours aussi kilométrique.

— Tu es déjà debout Al ? Murmura Elsa qui venait de se réveiller.

— Oui. J'ai une réunion importante ce matin.

Elle tendit le bras, attrapa le réveil sur la table de chevet et regarda l'heure.

— Il est tôt... Rouspéta-t-elle la voix encore endormie.

— Oui, mais il y a encore énormément de tâches à finaliser avant le lancement de Rodionga. Et si je veux être à l'heure pour la réunion, c'est maintenant que je dois partir. C'est la dernière ligne droite. On doit accélérer notre rythme de travail pour rattraper le retard qu'on a accusé.

— Oui, je sais. Mais je t'aurais bien gardé encore avec moi dans le lit, dit-elle serrant fort l'oreiller sur lequel j'avais dormi.

Je revins vers ma femme et je l'embrassai tendrement.

— Après le lancement de Rodionga, on aura qu'à partir quelques jours tous les deux en amoureux.

Une lueur de joie fit aussitôt scintiller ses yeux. Enchantée par ma proposition de voyage, Elsa afficha un large sourire.

— C'est génial !

— Je savais que ça te plairait.

— J'ai le droit de choisir la destination ?

— On ira où tu voudras mon cœur...

— Ça tombe bien, car j'ai déjà une destination en vue.

— Ah oui ?

D'un signe de la tête, elle acquiesça.

— Et c'est laquelle ?

— Le Sénégal. On y mange bien, les gens y sont accueillants et il y a de beaux paysages. Je suis fascinée par le lac Rose. Et puis, il y a l'histoire, avec Gorée. J'ai toujours souhaité visiter cet endroit mais, je ne me suis jamais donné l'occasion de la faire... Je sais déjà que nous serons bouleversés, lorsque nous poserons les pieds sur cette île, mais on ne peut pas aller au Sénégal sans mettre les pieds à l'ile de Gorée. Ici à Libreville, nous n'avons plus un seul endroit qui marque le départ de nos ancêtres partis en esclavage en Amérique... C'est dommage...

— C'est tout un exposé sur le Sénégal que tu viens de me faire là dis donc !

— J'espère avoir avancé de bons arguments pour te convaincre.

— Tu m'as convaincu. On ira au Sénégal.

— Super !

Je me penchai vers elle pour l'embrasser et au même moment, elle m'attira contre elle et fit semblant de me retenir prisonnier.

— Chérie... Il faut vraiment que je m'en aille, si je ne veux pas être en retard. D'autant plus que c'est moi qui ai convoqué la réunion, à sept heures.

— Humm...

Ma femme afficha une mine faussement déçue.

— Je me rattraperai ce soir, je te le promets.

— Ne rentre pas trop tard alors.

— Tu sais ce qui me ferait plaisir en rentrant ?

— Non, mais tu vas me le dire.

— Que tu m'accueilles en portant ce joli déshabillé-là...Tu sais, celui que tu avais porté après ton retour de l'église...

— Humm...

Elle leva les yeux au ciel et fit mine de réfléchir.

— Je ne vois pas de quoi tu parles.

— Tu veux que je te rafraichisse la mémoire ?

Sans attendre sa réponse, je me glissais sous le drap.

— Je croyais que tu étais pressé. Rouspéta-t-elle gentiment.

— Je le suis toujours... Mais actuellement, il y a plus urgent...

— Alan...Dit-elle dans un éclat de rire qui m'encourageait à continuer ma petite folie matinale.

— Tu seras en retard pour ta réunion...

— Pas grave... C'est moi le patron...

Natacha***

Jocelyne m'avait rappelée comme convenu, mais la chambre dont elle m'avait parlé n'était plus disponible.

Il fallait que je me débrouille par mes propres moyens pour trouver un logement. Je me suis surprise à penser à mon bon samaritain Ndossy Mapaga. Comment faire pour le retrouver ? Je n'avais même pas son numéro de téléphone. Compter sur un passant. Non, ce n'était pas une bonne idée. Si même mon oncle qui avait promis de me prendre en charge financièrement pendant toute l'année scolaire s'était lavé les mains au premier problème rencontré, ce n'était pas un inconnu qui ferait quelque chose pour moi. Il m'avait gentiment ramenée jusqu'à chez moi, il m'avait généreusement offert un nouveau téléphone portable, sa bonne action s'arrêtait là. Il ne servait à rien que je me monte des châteaux en Espagne...

J'ai rassemblé dans un carton les affaires que je n'avais pas encore rangées. J'ai fermé le tout et je suis sortie. Direction quartier Louis. J'allais relancer tous les restaurants où j'avais déposé mes CV.

Je croise les doigts pour que l'un d'eux m'accepte. Mon année en dépend.

J'ai commencé par le restaurant où le vigile nous avait pris en photo Ndossy et moi, au cas où je disparaissais. Lorsque je suis arrivée, il m'a accueillie, sourire aux lèvres, et m'a installée à une table à l'intérieur du restaurant, comme si j'étais une cliente ensuite, il m'a demandé de patienter.

— Je suis content de voir que tu es en vie la sœur ! Tu arrives au bon moment. Madame Rhazouani, la responsable du restaurant est là. Ne bouge pas. Je vais voir si elle peut te recevoir. Il disparut derrière une porte noire sur laquelle il était écrit « Staff only ». Au bout de quelques minutes, le vigile était de retour et m'assurait que je serai reçue assez rapidement par la responsable. Pour ne pas attendre la gorge sèche, je consultai la carte des boissons, et commandai un jus de fruits. Quelques minutes plus tard, une des serveuses m'annonça que je serais reçue par la responsable. Elle m'accompagna jusqu'au bureau de la patronne, me souhaita bonne chance avant de retourner à son poste.

— Entrez donc, jeune dame.
Un peu intimidée, je n'osais pas m'avancer encore plus vers la patronne. La dame en face de moi n'avait pas loin d'une cinquantaine d'années. De teint clair, et assez potelée, on devinait qu'elle était de grande taille, bien qu'elle fût assise. Elle avait quelque chose en elle qui

imposait le respect. Je la classais parmi ces femmes à poigne, qui n'ont pas besoin d'homme dans leur vie pour réussir et s'épanouir pleinement. Instinctivement, mes yeux glissèrent vers son annulaire gauche. Elle portait une alliance.

Elle est mariée, mais je parie qu'à la maison, c'est elle qui porte le pantalon.

— Avancez, jeune dame. Je ne vais pas vous manger, vous savez. Assoyez-vous.

Je pris place en face d'elle et vis mon cv sur la table. Elle le parcourait avant que j'arrive.

— Je vois que vous avez effectué un stage chez Baco, pourquoi avez-vous arrêté ?

Je ne m'attendais pas du tout à cette question.

Que répondre à cela ? Dire la vérité ? Broder ? Et si elle vérifie, elle saura pourquoi je suis partie du restaurant Chez Baco.

— Je désirais voir autre chose. La restauration est tellement vaste...

— Oui, mais chez Baco, c'est de la gastronomie fine. Nous, on fait plus des grillades, des salades et des hamburgers. Nous sommes plus dans l'esprit fastfood. Ça ne vous dérange pas ?

Je veux juste un stage pour valider mon année. C'est tout ce que je veux.

233

— Non, Madame, ça ne me dérange pas, bien au contraire, ça me permettra d'élargir mes connaissances.

— Très bien.

Elle prit le calendrier qui se trouvait près d'elle et le parcourut. Au même moment, son téléphone se mit à sonner. Elle décrocha.

— Allô ? Bonjour Baco. Quel plaisir de t'entendre ! Et les affaires ?

Hé Dieu ! Monsieur Baco, il ne manquait plus que ça.

Mon cœur se mit à battre à toute vitesse.

— Tu ne devineras jamais quoi, j'ai en face de moi une de tes anciennes stagiaires. Natacha Babongui. Elle postule chez moi.

Que va dire Monsieur Baco à mon sujet ?

— Elle est travailleuse, tu dis. Mais alors, pourquoi elle n'a pas continué son stage chez toi ?

Je serrais les fesses et croisais les doigts, pour que Monsieur Baco ne parle pas de l'incident avec Madame Lawson.

— Ah ! C'est assez embarrassant en effet... Oui... Je vois. Ok... Merci Baco.

Elle raccrocha et me fixa longuement sans rien dire.

Je crois que c'est mort pour mon stage...

A la tête de Madame Rhazouani, je compris qu'elle ne validerait pas ma candidature.

— J'étais au téléphone avec votre ancien responsable. Me confia-t-elle en me regardant droit dans les yeux. Elle marqua une pause. Son visage s'était fermé, et la sympathie que j'y avais lue en entrant dans ce bureau avait disparu. Elle poursuivit : je pense que vous l'aviez compris. Il m'a dit du bien de vous, cependant, votre départ de son restaurant s'est fait suite à un incident...Comment dirais-je ? Assez... délicat... Je vous aurais bien gardée si je tenais compte uniquement des qualités que m'a vanté Baco à votre égard, mais voyez-vous, je ne peux pas me permettre de prendre un tel risque. Mon restaurant a mis du temps avant de voir son nom inscrit parmi les lieux incontournables de la capitale. Je ne peux pas valider votre candidature, Mademoiselle. Je suis vraiment désolée.

Mes oreilles bourdonnaient, mes yeux s'embuèrent et des larmes de désespoir m'échappèrent. Je devais avoir l'air pathétique avec mon maquillage qui coulait de partout. J'avais désormais la réputation de voleuse qui me collait à la peau.

Natacha bosseuse, mais voleuse.

Qui voudrait bien d'une employée sur qui l'on retrouve les portefeuilles des clients ? Personne. Pas même-moi si j'avais été propriétaire d'un restaurant. Alors je comprenais la décision de

Madame Rhazouani. C'était dur à encaisser, c'est vrai, mais je comprenais parfaitement qu'elle ne puisse pas me garder. Elle me tendit un mouchoir. Je le lui pris des mains en marmonnant un merci, puis je m'essuyai les yeux et me mouchai avant de prendre congé.

C'est la mort dans l'âme que je quittais les lieux. A ma tête, mon ami le vigile se contenta de m'adresser un « ça va aller, la sœur. Ne perds pas espoir ». Pour la première fois depuis longtemps, je perdais justement espoir. En peu de temps, ma vie venait à nouveau de prendre un tournant dramatique.

N'ai-je donc pas droit au bonheur ? Je ne mérite donc pas d'avoir la paix de l'âme ? Dormir et me réveiller sans avoir à me poser des questions existentielles ? Il va falloir que je ravale mes larmes, car il me reste encore des restaurants à prospecter.

Chapitre 14 : In extremis

Inès-Olga***

Recroquevillées dans l'herbe, ni moi ni Anne-Marie ne bougions. Le cœur battant la chamade, on restait bien cachées, nous empêchant presque de respirer. La voiture de Maurice s'était arrêtée pas loin de nous. A travers les hautes herbes, je pouvais voir que la vitre avant côté passager était baissée. On entendait le mari de ma tante qui parlait au téléphone. Il semblait embarrassé.

— « Le rituel n'a pas eu lieu... La petite s'est enfuie... Où vais-je encore trouver une vierge ? Je suis dans la merde... J'ai besoin de ton aide mon frère... »

Un rituel ?! Le mari de ma tante était donc prêt à me sacrifier ?!

Il a volontairement éloigné Tantine Mariette de moi, pour que je sois seule et sans défense avec lui... Mais dans la planification de ma tante, il y avait Anne-Marie. Et pour la mettre hors d'état de nuire, il l'avait bourrée de somnifères, après m'avoir droguée...

Ça fait froid dans le dos.

Heureusement que Dieu était avec moi, car malgré les mauvaises intentions de Maurice et ses plans diaboliques prémédités, je n'avais pas terminé mon soda. La quantité de drogue que j'avais déjà bue, mon organisme l'avait simplement rejetée. Heureusement, car si j'avais été droguée comme il l'avait prévu, Maurice m'aurait utilisée comme sa poupée gonflable, toute la nuit durant.

Rien que d'y penser me donne la nausée.

Toujours dans sa voiture garée à quelques mètres de nous, le mari de ma tante continuait de parler avec son interlocuteur. D'après ce qu'il lui disait, il s'était bel et bien lancé à notre recherche. Heureusement pour Anne-Marie et moi, le mari de ma tante n'était pas descendu de sa voiture. L'idée de nous chercher dans les hautes herbes qui bordaient la route, ne lui avait pas effleuré l'esprit. Après avoir raccroché, il remit le contact et s'en alla.

Ouf ! Dieu a exaucé mes prières ! Amen !

Lorsque nous sommes arrivées chez Anne-Marie, tout le monde dormait encore. La dame de ménage de ma tante vivait toute seule avec ses trois enfants. Elle avait perdu son mari, il y avait un peu plus de sept ans. Il était conducteur de grumier. Un accident sur la route nationale l'avait emporté. Maintenant que les enfants d'Anne-Marie avaient tous plus de quinze ans, elle disait apercevoir le bout du tunnel. Anne-Marie me demanda de prendre place sur son modeste divan puis disparut dans le couloir qui était séparé de la pièce principale par un rideau en pagne africain, confectionné à la main et accroché aux murs, à l'aide de deux gros clous apparents. Assise toute seule dans le salon, je réalisais à peine tout ce qui nous était arrivé. Je repensais surtout aux intentions malsaines de mon oncle. Et des milliers de questions inondèrent à nouveau mon esprit. Anne-Marie était revenue dans le salon. A en juger par les vêtements propres qu'elle portait et l'odeur de maningou, une huile faite à base d'amande et de noix de palme, elle avait pris sa douche. Elle me proposa également de me laver. Elle m'escorta jusqu'à la douche ou elle avait mis un seau d'eau pour ma toilette. Ça me rappelait le temps où je vivais avec ma mère...

— Tu comptes faire quoi, Ino ? S'inquiéta Anne-Marie.

— Je ne sais pas... Si, je sais. J'ai pensé à aller rejoindre ma sœur à Libreville.

— Tu peux d'abord rester chez moi en attendant, tu sais...

— Je veux bien rester chez toi, mais n'oublie pas que nous sommes recherchées par Maurice. Il se pourrait qu'il débarque ici et m'oblige à repartir avec lui. Je ne veux pas prendre ce risque.

— Il ne sait pas où j'habite.

— Mais il connait ton identité. Il peut donc dépêcher des hommes pour te retrouver, et moi avec. Je ne veux pas tenter le diable. J'ai réussi à m'extirper de ses griffes in extremis, je ne tiens pas à me retrouver à nouveau coincée avec ce sorcier, car je sais d'avance qu'il ne me raterait pas si jamais il avait à nouveau l'occasion de me soumettre aux exigences de sa secte.

— Vraiment... Je n'aurais pas pensé ça de Monsieur Maurice...

— Comme tu dis Anne-Marie... Laisse-moi déjà appeler Natacha pour lui expliquer la situation.

Assise en face de moi, Anne-Marie se tut pour me permettre de téléphoner tranquillement. Je lançai l'appel. Après quelques sonneries, quelqu'un décrocha, mais au bout du fil, ce n'était pas la voix de ma sœur. Pensant m'être trompée de numéro, je raccrochai puis recomposai à nouveau le numéro de Natacha et lançai l'appel. C'est la même personne qui décrocha. Excédée par mon instance, la dame au bout du fil ne s'empêcha pas de me faire des remontrances.

— « Écoutez Mademoiselle, je vous ai déjà dit que ce n'est pas le numéro de votre Natacha ! J'ai acheté cette puce hier et ce numéro m'a été attribué. Je suis désolée pour vous, mais il vous faudra joindre Natacha autrement. »

Natacha a perdu son téléphone ?! De mieux en mieux...

Maurice***

Purée ! Je fais quoi maintenant ? Les choses n'auraient pas dû se passer comme cela. J'avais pourtant mis de la drogue dans le soda de la petite. Elle aurait dû être totalement à ma merci après avoir consommé sa boisson. Pourquoi diable, ce foutu produit n'a-t-il pas agi comme il se devait ?! C'est à ne rien comprendre. Il ne me reste plus qu'à retrouver Inès-Olga le plus vite possible et terminer ce que j'ai commencé.

Je suis rentré chez moi furieux et désemparé à la fois. Quelques minutes plus tard, J.B était là. Il m'avait rejoint sans hésiter. La situation était tellement délicate pour moi, que je l'avais appelé à la rescousse. Malgré l'heure avancée de la nuit, il était venu sans hésiter. J'aurais besoin de son aide pour la suite des évènements. Après tout, il était mon parrain dans Le Cercle.

— Que s'est-il passé mon cher ? Cette phrase de J.B sonnait plus comme un reproche. Il savait déjà ce qui s'était passé puisque je le lui avais dit au téléphone. Sa question voulait simplement dire : « comment tu as fait tes comptes ? » Mon ami de longue date ne cachait pas sa colère. Bien au contraire, il me foudroyait du regard sans ménagement et faisait de grands gestes avec ses mains en ma direction pendant qu'il me parlait. Vu comment il était remonté, l'envie de me coller son poing dans la mâchoire devait certainement lui traverser l'esprit. La situation était déjà assez compliquée comme ça, pour rajouter une casse entre J.B et moi. Je choisis donc de me tenir à une distance suffisamment éloignée de mon ami, de peur qu'un coup ne parte sans prévenir.

— Comme je te l'ai dit tout à l'heure, la petite m'a filé entre les doigts...

— La petite t'a filé entre les doigts, répéta-t-il énervé. Mais comment est-ce arrivé ? Tu ne l'as pas droguée ?!

— Pas assez, apparemment...

— Comment ça, apparemment ?!

242

— Puisque ça n'a pas marché... J'ai ensuite essayé de la convaincre de coucher avec moi...

— La convaincre ?! Non, mais dis-moi que tu plaisantes Maurice ! Où avais-tu donc la tête ?

— Je ne voulais pas la brutaliser non plus, tu comprends ?

— Eh bien, tu aurais dû !

— Tu le dis comme si c'était facile à faire !

— Mais rien n'est facile à obtenir dans cette vie mon ami. Quand tu es venu me trouver pour me dire que tu voulais entrer dans Le Cercle, tu n'avais pas pensé aux sacrifices à faire ? L'alliance qu'il y a désormais entre la confrérie et toi t'oblige à respecter tous tes engagements. Tu m'entends ? Je dis bien TOUS, sans exception. Tu as un rituel à accomplir, et tu dois absolument le faire Maurice ! N'oublie pas que lors de ton initiation tu as donné ta semence et ton sang. Tu sais ce que cela signifie, n'est-ce pas ?

— Bien sûr que je le sais ! Répondis-je furieux. Tu crois que je me réjouis de cette situation ?! J'ai tout fait pour éloigner Mariette et les enfants afin qu'Inès-Olga soit seule avec moi. Je suis conscient de ce qui me lie à la confrérie. Je sais que ce soir j'ai déconné...

— On te parle d'un rituel Maurice ! Pas de transformer ta nièce en ta petite amie ! Tu étais censé la droguer et prendre sa virginité point !

J.B. était plus que furieux après moi. C'est lui qui m'a introduit dans la confrérie, et cet échec, il le vit comme le sien.

— Que comptes-tu faire pour rattraper le coup ?

— Je ne sais pas...

— Tu ne sais pas ?! J.B se mit à rire nerveusement. Ta nièce s'est enfuie et tout ce que tu trouves à me dire c'est « je ne sais pas quoi faire » ? Elle répétera forcément ce qui s'est passé... Et cela risquerait de compliquer davantage les choses. Il faut la retrouver rapidement et la faire taire, lâcha-t-il les mâchoires serrées.

— Que veux-tu dire par, *la faire taire,* J.B ? On ne va tout de même pas la tuer ?!

J.B. ne répondit rien.

— Il faudra déjà que tu lui prennes sa virginité. Pour le reste, on avisera.

Natacha***

Après avoir tourné des journées entières dans toute la ville à la recherche d'un toit, j'ai fini par trouver un petit logement à louer pas trop cher, au quartier derrière l'hôpital. Ce n'était pas le grand luxe, mais j'avais au moins un toit. Il y avait un coin cuisine, une douche et des toilettes et le coin séjour, qui était le même pour dormir. J'ai défait mes cartons et j'ai commencé à transformer ce lieu en mon nouveau nid. Après des heures de nettoyage et de rangement, je me suis assise à même le sol, épuisée, laissant mes pensées aller où bon leur semblait. Et pour la première fois, je sentis une vague d'amertume se répandre en moi. J'en voulais aux évènements de malheur qui s'étaient acharnés sur moi ces derniers jours. J'en voulais à ma famille qui m'avait jugée et tourné le dos à la première occasion, à mon patron qui n'avait pas hésité à mettre fin à mon stage, à la femme de Joe, car c'était à cause d'elle que j'avais été renvoyée du restaurant chez Baco. J'en voulais à la terre entière pour ce qui m'arrivait.

J'en ai assez de m'en prendre plein la figure. Je veux bien être forte, et braver tous les obstacles les uns après les autres, mais pour une fois, je crois qu'avoir une vie calme et ordinaire ne me déplairait pas.

Je me retrouvais avec un deuxième déménagement et la menace de voir mon année partir en fumée, si jamais je ne trouvais pas un stage dans les plus brefs délais. Je me suis rafraichie et apprêtée, puis je me suis rendue au centre-ville, avec pour objectif de décrocher un stage.

Dans le centre–ville, il y a pas mal de restaurants, je vais à nouveau faire des candidatures spontanées. Je croise les doigts pour que ça marche cette fois-ci.

J'ai parcouru tout le centre-ville. La majorité des responsables d'établissements n'était pas là. Ceux qui étaient présents dans leurs restaurants au moment où je suis passée se sont contentés de me dire qu'ils me rappelleraient si besoin. Épuisée par mes recherches, je décidais de faire un peu de lèche-vitrine avant de continuer. Soudain, je fus attirée par une enseigne. Juste à côté du prêt-à-porter devant lequel je me trouvais, il était inscrit : SEVEN Bar restaurant Grill. Le plus intéressant pour moi, c'était l'annonce qui figurait sur la porte vitrée « Recherche serveuse ». Les doigts tremblants, je m'empressai de noter le numéro de téléphone.

Joe***

Natacha est ma fille !
Une joie incommensurable m'animait depuis que je connaissais les résultats du test de paternité. J'aurais tellement aimé le savoir beaucoup plus tôt. J'aurais apprécié être présent dans les étapes importantes de sa vie comme je l'ai été pour mes autres enfants... Mais comme le dit le proverbe : il vaut mieux tard que jamais. Je n'allais pas essayer de rattraper les vingt-cinq dernières années, car même avec la plus grande des volontés, j'avais conscience qu'il m'était impossible de remonter le temps. Mais s'il y avait quelque chose dont j'étais sûr, c'est que je ferais tout pour aider Natacha et l'assister du mieux que je pouvais.

Maintenant que je savais qu'elle était ma fille, je ne laisserais plus rien, ni personne se mettre en travers de ma route, ni de la sienne, et tenter de nous éloigner à nouveau.

En ayant discuté avec Natacha lors de notre seul et unique déjeuner, je m'étais rendu compte que c'était une jeune femme qui avait enduré les coups durs de la vie et qui avait souvent eu à gérer toute seule ses problèmes et aussi ceux de sa fratrie. Son parcours lui avait permis de se forger un caractère d'acier.

Elle était loin de ressembler à Nadia à qui on avait toujours tout servi sur un plateau d'argent. Comme quoi l'environnement dans lequel on évolue joue un rôle important dans notre développement personnel. Il allait maintenant falloir annoncer la nouvelle à ma femme et à mes enfants. Mais avant, il fallait que j'informe la principale concernée : Natacha. Comment réagirait-elle lorsqu'elle apprendra que je suis son père ? Je croisais les doigts pour qu'elle accueille la nouvelle avec joie.

Si je me fiais à la fois où nous avons déjeuné ensemble, nos rapports semblaient plus amicaux et plus détendus que nos premiers contacts. Alors, j'osais espérer qu'elle accueille la nouvelle avec joie. Quant à Carmen, elle ferait une scène, c'était certain, mais elle devra s'y accommoder. En ce qui concernait mes enfants, Nadia, Tony et Eddy étaient suffisamment grands pour ne pas me faire une crise, enfin, je l'espérais. De toutes les façons, je n'avais pas l'intention de cacher Natacha plus longtemps qu'elle l'avait déjà été. Une fois que je lui aurais annoncé que j'étais son père, je réunirais ma famille pour leur annoncer la nouvelle. Je parcourus mon répertoire téléphonique de long en large et je me rendis compte que je n'avais pas le numéro de Natacha. *Mince ! Je vais donc me rendre au restaurant chez Baco, mais cette fois-ci, j'attendrai tranquillement dans ma voiture qu'elle ait fini son service puis, je l'inviterai à prendre un verre. Et là, je lui annoncerai la bonne nouvelle.*

Alan***

Pour assurer la promotion des produits Rodionga, j'ai contacté l'agence qui assurait les meilleurs services à Libreville : Gabao Communication. J'avais eu des retours positifs en ce qui les concernait. C'était eux qui couvraient la majorité des grandes campagnes publicitaires à Libreville. En les choisissant, mes produits seront non seulement visibles grâce à leurs supports placés un peu partout dans la ville, mais ils bénéficieront aussi de spots publicitaires sur les chaines de télévision du même groupe.

Avec l'approche de la saison sèche et ses nombreuses célébrations, il fallait vraiment mettre le paquet au niveau de la publicité. Rodionga devait être vu partout et consommé par tous.

Lorsque je suis arrivé à mon bureau, Yasmine Bouka mon assistante ainsi que toute mon équipe : Sabrina, Maïnè, Venezia, Jaël, Mélodie, Angèle et tous les autres, terminaient d'apprêter la salle pour la réunion avec Gabao

Communication. A mon arrivée, tout le monde se tint à carreau.

J'aime cette attitude de mes collaborateurs qui traduit leur respect envers moi. Le respect, c'est la base de tout.

Après les salutations à mon équipe, j'allai dans mon bureau me préparer pour la réunion et passer quelques coups de fil importants. On toqua à la porte.

— Vous pouvez entrer.

— Monsieur Essongué.

Mademoiselle Yasmine Bouka, mon assistante entra dans mon bureau, sourire aux lèvres.

— Tout est ok pour la réunion ?

— Oui Monsieur.

— Ok. Faites-moi signe dès que le staff Gabao Communication arrive.

— Bien Monsieur.

— Euh...Yasmine ?

— Oui Monsieur ?

— Veiller à ce que le buffet pour le brunch soit également installé.

— C'est déjà fait monsieur.

— Très bien. Prévenez-moi dès que le staff de Gabao communication arrive.

— Oui, Monsieur.

Le responsable marketing de Gabao communication nous vantait les mérites de sa boite et nous expliquait la stratégie qui allait être mise en place pour les produits Rodionga. J'étais séduit et tous les autres également.

— Avec un passage publicitaire aux heures de grandes audiences, les boissons Rodionga seront vues et revues. Le but est de marquer les esprits. Les clients doivent consommer les boissons Rodionga avant même d'y avoir goûté.

— Tellement nos futurs consommateurs auront vu nos boissons à la télévision, et sur tous les supports publicitaires, que consommer un jus de fruits Rodionga se fera tout naturellement.

— Tout à fait.

Monsieur Ndossy Mapaga continua son exposé sur la stratégie de communication qui sera mise en place pour assurer la promotion des boissons Rodionga, puis nous sommes passés au brunch. Nous avons encore discuté de stratégie commerciale efficace. Et puis, il est parti. Mon équipe et moi nous nous sommes à nouveau mis au travail. Il fallait mettre les bouchées doubles jusqu'à la sortie officielle des boissons Rodionga.

— Yasmine ?

— Oui Monsieur Essongué ?

— Les offres d'emploi ont-elles bien été envoyées ?

— Oui Monsieur Essongué.

— Ok. Les fruits sont murs. Les équipes en place sont débordées. Il nous faut davantage de ramasseurs de fruits pour les plantations Nkoletang. N'hésitez pas à vous servir des réseaux sociaux pour passer les annonces.

— C'est déjà fait Monsieur Essongué. J'ai mis les offres d'emploi sur la page de Facebook de A2E Factory, sur notre site Internet et les offres sont également disponibles sur Gabon coin, Le Zoom et dans tous les journaux.

— Très bien, Mademoiselle Bouka. Je compte sur vous pour gérer tout ça.

— Vous pouvez me faire confiance, Monsieur Essongué, dit-elle en affichant un sourire ravi.

— Encore une chose, Mademoiselle Bouka...

— Oui, Monsieur Essongué ?

— Nous n'avons toujours pas trouvé le visage féminin qui incarnera la jeune femme gabonaise moderne qui consomme nos jus de fruits. Nous avons bouclé le casting des familles, celui des écoliers et des lycéens, celui des jeunes cadres dynamiques, il nous manque la jeune femme gabonaise moderne. Pouvez-vous également passer une annonce pour cela ?

— Heu, Monsieur Essongué,

— Oui Yasmine ?

— Avez-vous jeté un coup d'œil sur les photos shooting prises la semaine dernière ? Il y avait pas mal de jeunes filles qui pourraient correspondre.

— J'y ai jeté un coup d'œil, mais aucune d'elles ne m'a convaincu. Notre égérie doit non seulement être jolie, mais elle doit aussi avoir du chien. Vous voyez ce que je veux dire ?

— Oui Monsieur Essongué.

— Je compte sur vous pour passer l'annonce.

— Je m'en occupe tout de suite Monsieur Essongué.

— Je vous remercie Mademoiselle Bouka. Heu, encore une chose, j'ai un rendez-vous à l'extérieur je vais m'absenter pendant quelques heures. En cas d'urgence, n'hésitez pas à me joindre sur mon téléphone portable.

— C'est noté, Monsieur Essongué.

Chapitre 15 : Le ciel s'éclaircit

Natacha***

Ça ressemble à un signe venu tout droit du ciel.
Je m'empressai d'enregistrer le numéro de téléphone du Bar/Restaurant/Grill, le SEVEN dans mon téléphone portable. Cet établissement paraissait récent. La peinture était clean et elle sentait le neuf et le frais. Les cartons des meubles dans la benne à ordures, pas trop loin, ne faisaient que confirmer mon constat.
Avec de la chance, je serai peut-être embauchée.
Je croise les doigts pour qu'on me prenne.
Je lus et relus l'annonce avant de me jeter à l'eau.
Je pris une grande inspiration, puis je lançai l'appel. C'est une femme qui me répondit.

La dame à l'autre bout du fil avait une voix qui me semblait sympathique. Son timbre vocal était mélodieux. J'y décelais une légère pointe d'accent français. Elle a certainement vécu en Europe.

— Winelda, j'écoute.

— Allô bonjour Madame, je vous appelle suite à l'annonce que je viens de voir devant la porte du restaurant Le SEVEN.

— Avez-vous déjà travaillé dans la restauration ?

— Oui. Je suis actuellement en formation dans un lycée hôtelier.

— Très bien. Je vous donne rendez-vous ce soir à dix-huit heures pour discuter des clauses de votre contrat.

— Mon contrat ? Vous avez bien dit mon contrat ? Ai-je bien entendu ?

— Oui, vous avez bien entendu. Je vous dis donc à ce soir, Mademoiselle ? ...

— Natacha Babongui.

— A ce soir Natacha. Et surtout soyez à l'heure.

— Je serai là, à dix-huit heures Madame !

— Appelez-moi Winelda, je vous prie.

— Bien, Madame heu...Winelda...

— A ce soir.

Seigneur ! Est-ce vrai ce qui m'arrive ? Ai-je rêvé ou est-ce que la dame a bien dit que j'étais embauchée ?

Je fis un signe de croix, levai les yeux au ciel et remerciai Dieu pour le ciel qui s'éclaircissait enfin au-dessus de ma tête. Je suis rentrée chez moi plus contente que jamais.

*****

Je n'ai jamais été aussi ponctuelle de toute ma vie. Lavée et habillée de manière présentable, j'étais devant le SEVEN quinze minutes avant l'heure indiquée par Madame Winelda. Cette fois, le bar restaurant grill était ouvert. A l'intérieur, des employés vêtus d'uniformes orange et noirs s'agitaient. On redressait les chaises, on ajustait des sets de table, on repositionnait des verres et des couverts. Après multiples coups d'œil, on validait le résultat final, puis on passait à autre chose. Cinq minutes avant dix-huit heures, une grosse cylindrée gris métallisé se gara sur le parking du restaurant. Une jeune dame au teint clair, et à l'allure sophistiquée, en sortit. Cheveux courts et bouclés, la jeune dame était vêtue d'un tailleur pantalon noir. La veste ouverte laissait voir un bustier rouge, assorti non seulement à ses chaussures, mais aussi à son rouge à lèvres, et à son sac à main.

Je crois que c'est elle. Elle m'a tout l'air d'être la patronne des lieux. Elle est jeune, dis donc !

Lorsque la jeune dame entra dans le restaurant, tout le monde se mit au pas. De l'extérieur, je guettais les faits et gestes des uns et des autres. Tous avaient une attitude respectueuse envers elle. Au moment où ma montre afficha dix-huit heures pile, je poussai la porte du restaurant. Une jeune serveuse s'approcha de moi et me demanda si je désirais m'installer en salle ou en terrasse. Amusée par le fait qu'elle m'ait prise pour une cliente, je lui répondis gentiment que j'avais rendez-vous avec Madame Winelda. Elle marmonna quelque chose, m'installa à une table à l'intérieur, puis disparut derrière une porte, que seul le personnel du restaurant avait le droit de franchir. On me servit quelque chose à boire. J'étais tellement stressée que j'avais du mal à profiter de mon soda offert gracieusement par la maison. Quelques minutes plus tard, Madame Winelda arriva vers moi tout sourire.

— Vous êtes Natacha ?

J'acquiesçai d'un signe de la tête et serrai la main qu'elle me tendait. Sa poigne était tonique et vigoureuse. Un véritable contraste pour cette jeune femme au corps presque menu.

Je ne lui donnais pas plus de deux, voire trois ans de plus que moi. La jeune femme s'installa en face de moi.

— Je suis Winelda. Votre future responsable. Le SEVEN est mon établissement. Ce n'est pas mon activité principale. Je travaille dans l'import-export. Et ce restaurant est un business que je viens de monter. Comme je vous l'ai dit au téléphone, je vous considère déjà comme faisant partie du personnel. Je veux une équipe jeune et dynamique. Je souhaite donner une chance aux jeunes Gabonais qui veulent s'en sortir et qui n'ont pas peur du travail.

Elle continuait son speech. Mais je ne l'écoutais déjà plus. J'avais du mal à croire ce que j'entendais. Si je m'écoutais, je lui sauterais au cou et je la couvrirais de bisous. Mais au lieu de ça, je gardais mon sérieux et je priais. Je remerciais Dieu d'avoir agi en ma faveur. Parce que cet emploi était un véritable cadeau du ciel. Être embauchée d'emblée sans avoir passé un entretien. Qui l'eût cru ?

— Pouvez-vous commencer demain soir ?

— Oui bien sûr !

— Impeccable ! Venez, je vais vous présenter à vos collègues, ensuite nous ferons le tour de l'établissement, pour que vous puissiez appréhender votre futur lieu de travail.

— Bien, Madame Winelda.
Merci mon Dieu !

Nadia***

— Toc, toc, je peux entrer ?
Je n'avais pas besoin de lever la tête pour savoir qui se tenait sur le seuil de la porte de mon bureau. Pour répondre à mon interlocuteur, il fallait bien que je sorte de mes dossiers, et que je daigne accorder un regard à mon visiteur. Et ce, surtout quand cette personne était Hervé O'ssima, mon patron.

— Bien sûr que vous pouvez entrer, Monsieur O'ssima.
Il s'avança vers moi, le pas lent et assuré, tira l'une des deux chaises vides en face de moi et s'y laissa choir. De son regard vif et pétillant, Hervé O'ssima me scrutait intensément. Littéralement sous son charme, je frémis instantanément.

— Vous ne voulez toujours pas m'appeler Hervé ?

— Je vous demande pardon ?! Dis-je en battant nerveusement des paupières.
Cet homme me troublait au plus haut point. Il suffisait qu'il soit dans les parages pour que je perde tous mes moyens.

259

Je remerciais le ciel d'être assise car j'ignorais si mes jambes auraient été capables de me porter si j'avais été debout...

— Appelez-moi Hervé.

— Et pourquoi devrais-je vous appeler par votre prénom ?

— Tous les autres m'appellent M. Hervé, à vous je donne le droit d'ôter ce Monsieur qui précède mon prénom, car je sais que c'est en partie ce qui ralentit les choses entre nous...

— Qui...quoi ? M'étranglais-je à moitié.

Ma voix ressemblait à un couinement plus qu'autre chose. Je me sentais ridicule de perdre mes moyens de la sorte.

— Allons Nadia...

Il fit le tour de mon bureau, poussa les dossiers et s'assit sur la table pile en face de moi. Mon cœur cognait tellement fort dans ma poitrine, qu'on aurait pu entendre les battements depuis le rez-de-chaussée.

— Jusqu'à quand allons-nous jouer au chat et à la souris ?

— Je... Je ne vois pas de quoi vous parlez. Me défendis-je maladroitement.

Je me levai de mon siège, m'éloignai légèrement d'Hervé O'ssima et fis mine de ranger des documents dans des classeurs.

Cette distance est nécessaire pour garder les idées claires.

Il revint à la charge :

— Oh si vous le savez ! Affirma-t-il, sûr de lui.

Hervé O'ssima s'approcha de moi en me mangeant du regard. Au passage, il verrouilla la porte de mon bureau, dont la clé était restée dans la serrure.

— Normalement, tout le monde est parti... Mais il vaut mieux prendre nos précautions...

Hervé avait raison, je savais de quoi il parlait. Il ne me laissait pas indifférente du tout, bien au contraire. J'étais attirée par lui, comme le fer l'est par l'aimant.

Il y a longtemps que je lutte avec cette sensation qui m'embrase, dès qu'il est à quelques pas de moi. Ça fait des mois que je me bats pour faire taire tout ce remue-ménage à l'intérieur de mon corps, et pourtant, je ne désire qu'une chose : me rapprocher de lui. Alors, pourquoi dire des choses contraires à celles que me dictent mon cœur et mon être entier ? Présentement, mon corps réagit favorablement aux signaux envoyés par Hervé. Le timbre chaud de sa voix me fait chavirer. Son regard de braise sur moi me procure des frissons de la tête aux pieds. Et cette bouche... Cette manie qu'il a de s'humecter les lèvres me donne envie de l'agripper et de l'embrasser à en perdre haleine. Oui, je suis d'accord avec lui. Je sais de quoi il parle.

Hervé se tenait à quelques millimètres de moi. Je pouvais sentir son souffle chaud me caresser le visage. L'odeur de son après-rasage restait fraiche même en fin de journée. Enveloppée dans cette bulle de fragrance masculine, je sentais mes forces s'amenuiser petit à petit. La barrière fragile que j'avais tenté de dresser en m'éloignant de lui, bien que ce fut de quelques mètres seulement, venait de s'écrouler comme un château de cartes ébranlé par le vent. Il me caressa la joue. Au contact de ses doigts sur ma peau enfiévrée, je fermais instinctivement les yeux. Sans perdre une seconde, Hervé s'empara de mes lèvres. D'abord surprise, je mis quelques secondes avant de répondre à son baiser dont la douceur était exquise. J'entrouvris davantage ma bouche pour mieux accueillir sa langue avide et gourmande, qui ne mit pas de temps à rencontrer la mienne. Dans un baiser aussi passionné que sauvage, on se mangeait l'un et l'autre, sans retenue aucune.

Pour ne pas chavirer, je nouais mes bras autour du cou d'Hervé. Encouragé par mon audace, et ma soudaine décontraction, il m'agrippa les hanches et me plaqua contre son érection naissante. Je fus agréablement surprise par cette découverte et me laissais porter par l'avalanche de sensations que me procurait ce baiser.

Les mains d'Hervé glissèrent sur mes fesses, puis un peu plus bas, sur mes cuisses. A tâtons, ses doigts cherchaient à se frayer un chemin sous ma robe. Ils eurent vite fait de s'y faufiler. Lorsque je le sentis caresser ma fleur, à travers le tissu en dentelle de mon string, je me figeai instantanément et détachai mes lèvres de celles d'Hervé. Haletante et encore en proie aux sensations vertigineuses de notre flirt, je mis quelques secondes avant de pouvoir prononcer une parole.

— Je crois qu'on devrait y aller étape par étape... Avais-je réussi à dire.

Encore étourdi lui aussi, Hervé me sourit avant d'acquiescer.

— Oui. Tu as raison Nadia... Mais tu es tellement appétissante... Que je perds mes moyens lorsque je suis près de toi...

Il remit ses mains sur mes hanches en prenant soin de réajuster ma robe.

— Qu'est-ce que tu proposes alors ?

— On pourrait déjà apprendre à se connaitre un peu mieux. Faire des sorties ensemble pour commencer... Et d'ailleurs, que fais-tu le week-end prochain ?

— Rien de particulier, pourquoi ?

— On fait un repas à la maison, tu pourrais venir.

— Eh bien ! Tu es une rapide toi ! Il y a quelques minutes encore tu me fuyais presque et là tu m'invites à un repas de famille…

— Tu es libre d'accepter mon invitation ou pas. Je ne te force pas la main, tu sais.

— Je sais.

— Je te laisse réfléchir.

— C'est tout réfléchi. J'accepte ton invitation.

— Vraiment ?

— Vraiment.

Une vague de satisfaction m'emplit le cœur.

Joe***

Depuis le soir où j'ai vu Natacha dans ce restaurant, j'ai espéré secrètement qu'elle soit la fille que Judith et moi avons eue. Aujourd'hui, j'en ai la certitude. Elle est bel et bien ma fille. Je ne pouvais espérer mieux. J'ai tellement prié pour cela. Vingt-cinq longues années plus tard, je la retrouve par le plus grand des hasards. Ma fille Natacha, mon sang. Elle a vécu le martyre à l'autre bout du pays, pendant que moi, son père, j'étais là, si près et si loin d'elle en même temps, ignorant totalement son existence. Comme je m'en veux d'avoir été absent durant toutes ces années. Si seulement j'avais relancé Judith à l'époque, je me serais rendu compte qu'elle avait un bébé. J'aurais fait le calcul et j'aurais compris que Natacha était bien le fruit de notre amour...Seul Dieu sait pourquoi les choses se sont déroulées de cette façon. Le temps est certes passé, j'ai été absent pendant vingt-cinq ans, mais la vie nous offre une seconde chance. Et je compte en faire bon usage.

Assis dans ma voiture devant le restaurant Chez Baco, je comptais les minutes.

Dans moins d'un quart d'heure, je verrai Natacha sortir. Ce sera un grand moment. J'ai répété mon speech un million de fois. J'ai amené avec moi les résultats des tests ADN au cas où elle ne me croirait pas.

Quand sonna l'heure de la fermeture du restaurant, c'est tour à tour que je voyais les employés déambuler. Quand la dernière employée du restaurant baissa la grille métallique et s'apprêta à la verrouiller, alors que je n'avais toujours pas vu passer Natacha, je sortis précipitamment de ma voiture et l'interpellai.

— Mademoiselle ! Mademoiselle !

La jeune femme se retourna aussitôt en m'entendant la héler. Méfiante, elle avait serré son sac contre sa poitrine et avait verrouillé le restaurant en un temps record.

— Un instant, je vous prie.

Lorsque la jeune femme me vit, son visage se décrispa.

— Ah, c'est vous !

Une main sur le cœur, elle semblait rassurée de me voir.

— Désolé, je ne voulais pas vous effrayer. M'excusai-je

— Ça va...

— Dites-moi, je suis dehors depuis un moment... J'attendais Natacha. J'ai vu que tout le personnel est sorti mais elle, je ne l'ai pas vue du tout...

— C'est normal.

— Normal, pourquoi ? Elle n'a pas travaillé aujourd'hui ? M'enquis-je.

— Vous n'êtes pas au courant ? Me demanda-t-elle, visiblement étonnée.

— Au courant de quoi ? Je ne vous suis pas du tout, Mademoiselle. Y a-t-il quelque chose que je devrais savoir ?

— Natacha a été renvoyée.

— Renvoyée vous dites ?!

Elle hocha la tête.

— Mince ! Comment ça ? Je veux dire pour quel motif a-t-on mis fin à son contrat ?

— Demandez-le donc à votre épouse, Monsieur Lawson.

— Mon épouse ? Mais qu'est-ce que Carmen a à y voir là-dedans ? Je ne pige rien à votre histoire.

— Ok, je vais tout reprendre depuis le début. Un soir, votre épouse est venue dîner au restaurant. Au moment de régler l'addition, elle a crié qu'on lui avait volé son portefeuille. Elle a tellement fait un tapage que tout le personnel a été fouillé. Et devinez avec qui on a retrouvé ce fameux portefeuille ? Avec Natacha ! Accusée de vol, Natacha a été renvoyée pour faute grave le soir même.

— Mince !

— Eh oui...

— Comment vais-je la contacter à présent ?

— Avez-vous son numéro de téléphone ou savez-vous où elle habite ?

— Natacha a déménagé et son numéro de téléphone ne passe plus. Je ne peux malheureusement pas vous aider, M. Lawson. Je suis vraiment désolée. Et puis en dehors de ça, elle ne veut plus me parler. Elle doit certainement m'en vouloir, car je ne l'avais pas soutenue le soir de l'incident, mais je ne pouvais pas me mouiller. Je craignais pour mon poste, mais au fond de moi, je sais que Natacha n'est pas une voleuse. Si vous voulez avoir mon avis, cette histoire ressemble fortement à un coup monté. Je ne sais pas quel lien vous avez avec

Natacha, mais une chose est sûre, votre femme la déteste.

— Je vois... Je vous remercie pour toutes ces informations. Je repasserai voir votre responsable pour qu'il m'en dise davantage. Mais avant, je vais déjà demander des explications à mon épouse.

— Sans vouloir vous donner d'ordre, il faudrait vraiment éclaircir cette histoire, Monsieur Lawson, car votre épouse a visiblement une dent contre Natacha. Pour avoir été jusqu'à la faire renvoyer, c'est qu'elle a vraiment quelque chose contre elle.

— En effet... Merci encore pour ces informations, Mademoiselle.

— Je vous en prie Monsieur Lawson. Bonne soirée.

— Bonne soirée à vous également.

Carmen, ma chère et tendre épouse, qu'as-tu encore fait ?

Je remontai dans la voiture et rentrai chez moi, en rogne.

Chapitre 16 : Le revers de la médaille

Inès-Olga ***

J'ai passé toute la journée chez Anne-Marie, la peur au ventre. Mon cœur n'était pas en paix, car à tout moment, je craignais de voir débarquer le mari de ma tante, chez la dame de ménage. J'étais terrorisée à l'idée qu'il me retrouve et qu'il m'oblige à repartir avec lui. Anne-Marie aussi appréhendait de voir son patron arriver chez elle à tout moment. Pour minimiser les risques de fuite de l'information, Anne-Marie et moi nous nous sommes gardées de parler à ses enfants de ce qui s'était passé chez mes tuteurs. La journée s'est écoulée sans que le fruit de mes craintes ne se matérialise. Maurice n'a pas donné signe de vie.

Dieu merci.

Je n'avais cependant pas envie de rester un jour de plus chez Anne-Marie.

Il fallait que je parte de chez elle au plus vite, et que je trouve refuge dans un endroit où l'on ne pourrait pas venir me chercher. J'ai repassé toute ma famille maternelle en revue. Aller chez l'un d'eux ne serait pas une bonne idée. Natacha et moi sommes perçues comme des pestiférées, surtout Natou. Aller demander à une de mes tantes de m'héberger serait vraiment me tirer une balle dans le pied. Surtout qu'il faudrait expliquer pourquoi j'étais partie de chez Tantine Mariette et son mari. Personne ne me croirait si je racontais ce que mon oncle avait tenté de me faire subir en l'absence de sa femme.

Natacha n'est toujours pas joignable. Son silence devient inquiétant. Ce n'est pas du tout son genre de faire plus d'une journée sans donner des nouvelles. Peut-être que je m'inquiète pour rien...

J'ai appelé Jordan. Je lui ai dit que j'avais de graves problèmes avec mes tuteurs et que j'avais besoin qu'il m'accueille chez lui pour une nuit ou deux. Il a tout de suite accepté de m'aider. Il n'a même pas cherché à connaitre quelle était la situation, il a tout de suite dit oui, sans hésiter une seconde.

Le soir venu, j'ai remercié Anne-Marie, pour son accueil. On s'est longuement serrées dans les bras l'une de l'autre comme si on pressentait qu'on ne se verrait plus avant longtemps. Et puis je suis partie en promettant de la rappeler pour lui donner des nouvelles.

*****

J'espère que Jordan n'est pas encore couché. Je sais qu'il a l'habitude de veiller tard. Surtout quand on n'a pas école.

Quand je suis arrivée devant le domicile de la famille Mabika, le portail était fermé. J'ai appelé Jordan en vain.

Il a sûrement coupé la sonnerie de son téléphone ou il l'a jeté négligemment dans un coin de sa chambre. Pfff ! Sachant que j'arrivais, il aurait tout de même pu venir m'attendre... Qu'est-ce que je fais maintenant ?

Au même moment, je reçus un sms de Natacha. Ah enfin ! J'hésitais à deux fois avant de finalement me décider à sauter la barrière. Je fis le tour de la maison et lorsque j'arrivai au niveau de la chambre de Jordan, je ramassai des cailloux que je lançais contre la fenêtre de sa chambre. C'est le torse nu qu'il apparut dans l'encadrement de la fenêtre de sa chambre. Troublée, mes yeux balayaient la poitrine dénudée et lisse de Jordan. Son corps était sculpté et poli, comme ces statuettes en pierre de Mbigou qui ornent l'intérieur des maisons. Des

271

pectoraux aux abdominaux, chaque muscle était dessiné avec précision.

Il est kinda !

Jordan portait bas son pantalon jeans, je pouvais voir la grosse bande élastique de son boxer qui dépassait.

C'est hyper sexy.

— Ah ! Tu es là ? S'étonna-t-il.

— C'est comme ça que tu m'accueilles ? Tu ne m'invites pas à entrer ? Je tombe mal ou quoi ?

Je boudai.

— Chut ! Ne parle pas si fort, tu vas alerter toute la maisonnée. Je descends tout de suite !

— Ok. Merci.

Pendant les quelques minutes où j'attendais que Jordan vienne m'ouvrir, je me posais des tonnes de questions. Ai-je bien fait de venir chez lui ? En même temps, où aurais-je bien pu aller en dehors d'ici ? Le mari de ma tante m'avait droguée et avait voulu me forcer à avoir des rapports sexuels avec lui. Je n'avais pas d'autre choix que celui de m'enfuir et de venir trouver refuge auprès de mon petit copain.

J'ai bien fait de venir chez Jordan.

— Inès-Olga ! Viens !

Jordan me fit signe d'avancer. Il faisait attention à ne pas faire trop de bruit pour ne pas ameuter son père et ses cousins. Je m'avançais rapidement.

— Bonsoir, murmurai-je.

— Bonsoir.

On se fit la bise. Jordan paraissait géant à côté de moi. Du haut de son mètre quatre-vingt-cinq, il me dominait amplement.

— Allez viens, suis-moi. On monte dans ma chambre. Ne fais pas de bruits, car mon père et mes cousins sont déjà couchés.

— D'accord.

Jordan marchait devant moi. Son pas était sûr et léger. Je prenais plaisir à contempler son magnifique corps taillé en V. Ses belles épaules larges, son magnifique dos, ainsi que ses fesses fermes et musclées. On traversa le salon avant de nous rendre à l'étage. Dans la chambre de Jordan, son ordinateur était allumé. Des chaussettes et des vêtements traînaient au sol. Il s'empressa de les ramasser et il les mit dans le panier près de l'armoire à linge. Puis, il tira la couette pour couvrir son lit défait. Le voir s'empresser de tout ranger me fit sourire.
Un vrai bordélique !

— Vas-y, assieds-toi, dit-il en me désignant le lit.

Je m'installai. Jordan prit sa chaise de bureau, la retourna et s'assit à califourchon face au dossier.

— Raconte-moi tout.

— Je suis partie de chez ma tante et je crois que c'est définitif...

— Comment ça, partie ?! Fit-il les sourcils arqués et les yeux écarquillés. Ta tante t'a chassée ?

Je secouais la tête en signe de négation.

— Ma tante est partie en voyage avec ses enfants...

— Ne me dis pas que tu as profité de son absence pour fuguer. Il me regarda d'un air suspicieux.

— Je n'ai pas fugué. Je suis partie pour avoir la vie sauve, dis-je en regardant Jordan droit dans les yeux.

— Pour avoir la vie sauve ? Tu t'es sentie en danger ? Pourtant, tout semblait bien se passer avec ta tante.

— Tu as bien dit semblait... En fait, le problème ce n'est pas ma tante... Ce n'est pas à cause d'elle que je suis partie...

Jordan prit le paquet de cigarettes posé sur son bureau, il sortit une clope, l'alluma et après avoir tiré une bouffée, il me dit :

— Laisse-moi deviner, si ce n'est pas à cause de ta tante que tu t'es barrée, alors c'est son mari qui est à l'origine de ton départ.

— Oui...

Je repensais aux conditions de ma fuite avec Anne-Marie à moitié endormie. Mon estomac se noua aussitôt. Jordan comprit qu'il y avait eu quelque chose de louche.

— Ne me dit pas qu'il a essayé de...

— Si...

— Putain ! Le bâtard ! Je savais que c'était un vicieux ce type ! Il mérite de se faire bastonner ! J'ai envie de débarquer chez lui et lui faire bouffer ses couilles !
Il écrasa sa cigarette dans le cendrier.

— Calme-toi Jordan, je ne l'ai pas laissé me faire du mal.

— Tu en es sûre ?

— J'ai réussi à m'échapper en emmenant avec moi, la dame de ménage. Il nous avait droguées toutes les deux...

— Le chien !

— Ecoute, dis-je en lui prenant la main, je suis venue te demander de m'héberger chez toi cette nuit et peut-être la nuit d'après aussi.

— Et que comptes-tu faire après ça ?

— Je prendrai le car et j'irai rejoindre Natacha à Libreville et j'y resterai.

— Comment ça, tu resteras à Libreville ? Et le school, Inès-Olga ? Tu as pensé au Bac ?!

— Je le passerai en candidate libre...

— Je crois que tu commets une grave erreur en partant comme ça en pleine année scolaire...

— C'est la seule solution, crois-moi. Je ne peux plus rester chez ma tante. Son mari me dégoûte tellement ! Et puis, je crains que le climat soit désormais invivable entre nous...

— Et pourquoi tu ne lui en parlerais pas ? Elle t'aime bien ta tante.

— Elle ne me croira pas. Son mari retournera la situation contre moi.

Il se leva et se mit à marcher nerveusement dans sa chambre.

— Il faut qu'on trouve une solution...

— J'ai déjà trouvé la solution. J'irai rejoindre ma sœur à Libreville. C'est la meilleure des solutions.

— C'est vraiment ce que tu veux ?

— C'est ce qu'il y a de mieux à faire...

Joe***

Comment faire pour retrouver ma fille à présent ?

J'ai appelé mon amie Anna Chaville, mais elle n'a rien trouvé dans ses fichiers cette fois. Le seul numéro de téléphone appartenant à Natacha qu'elle avait trouvé était celui qui avait été attribué à quelqu'un d'autre. J'avais même essayé d'appeler Mariette, mais son téléphone était tout le temps fermé. Que faire ? Fallait-il attendre que les cours reprennent pour aller me pointer à la sortie du lycée hôtelier ?

Qu'importe la méthode et les moyens dont j'userai, je retrouverai Natacha. Libreville est petit. S'il faut que je fasse le tour des restaurants, je le ferai. Je retrouverai ma fille. J'en suis certain. Pour l'instant, je dois éclaircir un point avec ma femme. Il faudra que Carmen m'explique cette histoire de portefeuille, car c'est elle qui a tout déclenché apparemment.

Je sortis de la voiture, marchai silencieusement dans mon jardin et m'assis sur la première chaise venue. Seul dans la nuit, j'essayais de trouver une réponse aux multiples interrogations qui me taraudaient l'esprit. Le ciel était étoilé. La lune cachée derrière les nuages ne laissait voir que la moitié de sa rondeur. L'air frais semblait vouloir m'apaiser par sa brise fine et chatoyante, mais j'étais trop énervé pour me laisser bercer. Après avoir passé quelques minutes à réfléchir seul dehors, je me décidais enfin à entrer chez moi. Dans le salon, Carmen et Nadia regardaient un film à la télévision. Elles faisaient des commentaires sur le jeu des acteurs, leur style vestimentaire et leur plastique.

— Bonsoir.

— Bonsoir Joe.

— Enfin, tu es là Papa ! Maman et moi avions hâte de te retrouver pour t'annoncer la bonne nouvelle.

— La bonne nouvelle ?!

— Oui. Dans quelques jours, on organise un repas de famille ici à la maison et Sonia et les siens sont conviés.

Carmen était toute fière de m'annoncer qu'elle avait gentiment invité ma cousine et les siens.

— Et j'imagine que je devrais sauter au plafond parce que Sonia, son mari et ses enfants ont été autorisés à mettre les pieds au château fort ?!

— Mais Papa !...

— Joe, tu pourrais au moins...

D'un signe de la main, je demandais à ma femme de se taire.

— Je pourrais au moins faire quoi Carmen ? Être content ? Te remercier ? Applaudir ? Je devrais me réjouir parce que tu fais une faveur à ma famille ? Car je sais que dans ton esprit, tu le perçois comme tel. Sonia peut venir parce que Madame Carmen le lui a autorisé. Et cet idiot de Joe applaudira. Il sera heureux de voir que certains membres de sa famille ont eu le privilège de mettre les pieds depuis des lustres, dans sa propre maison, qu'il a construite lui-même avec son argent.

J'eus un rire amer.

— Mais Papa... Maman est aussi chez elle ici...

— Oui, Nadia a raison. Je suis également chez moi dans cette maison !

— Ne déplace pas le problème Carmen. Je me retournai vers ma fille, furieux. Et toi Nadia, j'aimerais que tu ne la ramènes pas lorsque je m'adresse à ta mère.

— Oui Papa.

— Tu veux vraiment me faire plaisir, Carmen chérie ? Puisque tu as décidé de changer de comportement envers les miens, convie alors toute ma famille à ce repas. Là au moins, je serai convaincu par ta démarche.

— Toute ta famille ?! Tous les Lawson ici ?! S'étrangla-t-elle.

— Tu m'as bien entendu.

— Mais ce n'est pas prévu...

— Alors prévois-le !

La main sur la poitrine, Carmen simulait un malaise.

— J'ai mal au cœur...

Nadia se précipita vers sa mère et l'aida à s'allonger.

— On devrait peut-être l'emmener voir un médecin...

— Sois tranquille Nadia, ta mère n'a rien. Si tu veux mon avis, elle ne mourra pas aujourd'hui. Ta mère est solide comme un roc. Là, elle est juste en train de faire du cinéma.

Nadia soupira, puis se tourna vers sa mère qui continuait de jouer la comédie.

— Si vous voulez bien m'excuser, je monte me coucher.

Maurice***

J'ai laissé filer Inès-Olga alors qu'elle correspondait aux critères imposés par Le Cercle. J'étais pourtant si près du but. Il a fallu que les choses capotent au dernier moment.

Quel merdier !

Comment allais-je faire pour rattraper cet énorme loupé ? J.B m'avait proposé d'expliquer lui-même la situation aux membres du conseil. J'espérais du fond du cœur qu'ils seraient cléments envers moi.

Depuis que j'étais entré dans la confrérie, c'était la première fois que j'appréhendais une décision du conseil. Surtout après la réaction de mon ami et frère J.B. Il n'était pas du tout enchanté par la situation. Ce qui m'inquiétait également, c'étaient les paroles qu'il avait avancées. Il avait parlé de faire taire Inès-Olga. A quoi faisait-il allusion ? Il n'avait tout de même pas envie qu'on la tue ? Rien que le fait d'y penser me faisait froid dans le dos. Supprimer la vie de quelqu'un ne m'avait jamais effleuré l'esprit. Jamais. Si J.B faisait réellement allusion à la mort, je ne marcherais pas dans cette combine avec lui. Je refusais de devenir un assassin. Mes mains n'avaient jamais été maculées de sang, je m'interdisais de les souiller. En entrant dans la confrérie, je voulais rompre avec la vie de misère que les miens et moi menions. Je voulais offrir à ma famille le droit de vivre dans de meilleures conditions. J'en avais assez de voir Mariette jongler entre l'hôpital et la clinique privée qui l'employait. Je me sentais réduit, car je ne pouvais plus rien assumer financièrement. C'était ma femme qui faisait tourner le foyer. Et même si elle ne se plaignait pas, je savais que ça lui pesait. Je le voyais. C'est pour couper avec cette vie misérable que je me suis adressé à J.B. Je voulais avoir une vie aussi épanouie que la sienne. Manger correctement. Faire voyager Mariette et les enfants aux quatre coins du monde, leur offrir le rêve. Et moi, retrouver ma place de chef de famille et me sentir à nouveau respecté en ayant un travail digne de ce nom.

Le Cercle m'avait offert tout cela dès mon entrée dans la confrérie. J'étais heureux de faire partie de ce Cercle où les frères et les sœurs étaient tellement disponibles et solidaires entre eux. Mais depuis cette histoire de rituel, les choses

281

prenaient un tournant auquel je n'avais pas songé...

Assis dans l'obscurité, je réfléchissais au cours que prenaient les événements.

J'ai peur pour la suite...

*****

Hier soir, Mariette a appelé. Elle a demandé des nouvelles d'Inès-Olga et d'Anne-Marie. J'avais essayé de la rassurer du mieux que je pouvais en lui disant que tout allait bien. J'ai biaisé pour qu'elle ne demande pas à parler à l'une ou à l'autre. Et puis j'ai orienté la conversation vers ses vacances à Dubaï avec les enfants.

« Ils sont émerveillés ! Ce voyage était une excellente idée, Maurice ! », Entendre ma femme me dire ces paroles m'avait fait chaud au cœur. Nous avons parlé encore un moment et puis elle a raccroché. Après l'appel téléphonique de Mariette, il m'était difficile de m'endormir. Je passais le temps à me retourner dans mon lit sans réussir à fermer l'œil. Comment trouver le sommeil après les événements de ces dernières vingt-quatre heures ? Las de remuer dans mon lit comme un lombric avec cette douleur insupportable au sexe, je me suis levé pour prendre mes antidouleurs et au même moment je reçus un appel de J.B.

— Allô ?

— Oui allô, mon type, mets un jogging, je passe te chercher chez toi tout de suite.

Je n'avais pas eu le temps de demander plus d'informations à mon ami qu'il avait déjà raccroché. Peu de temps après le coup de fil, J.B était chez moi. Il portait un survêtement noir et une casquette de la même couleur.

— Qu'est-ce qui se passe, mon type ? Et puis pourquoi m'as-tu demandé de m'habiller ? On va où en pleine nuit ?

— Tu poses trop de questions Maurice. Nous allons au quartier Baniara.

— Mais qu'est-ce qu'on va faire dans ce quartier ? C'est là où vit Anne-Marie.

— Exactement. C'est là où vit ta dame de ménage. Pendant que tu étais occupé à te morfondre et à soigner ton zizi amoché, figure-toi que j'ai fait des recherches sur ta dame de ménage Anne-Marie. Et c'est chez elle que se cache ta nièce. On ne va pas la laisser là-bas un jour de plus, car si tu comptes sur elle pour revenir ici de son plein gré, après ce qui s'est passé la nuit dernière, tu te mets le doigt dans l'œil jusqu'au coude mon cher. Inès-Olga et Anne-Marie sont conscientes de la situation. On doit veiller à ce que les deux femmes n'en parlent à personne.

— Qu'allons-nous faire une fois qu'on les aura ramenées ici ?

— Je me chargerai du reste. Je vais juste avoir besoin de ton aide pour les ramener ici.

— Ok. Allons-y à Baniara.

*****

— Nous sommes arrivés, fit J.B. Mon indic m'a assuré qu'Anne-Marie se lève à l'aurore et se rend à la pompe publique pour chercher de l'eau. Nous allons donc attendre qu'elle sorte de chez elle.

Je regardais l'heure. Il était trois heures et demie du matin. J.B a coupé le contact puis nous avons attendu.

Anne-Marie est sortie de chez elle peu avant cinq heures du matin. J.B l'a apostrophée et l'a fait monter dans la voiture. Elle semblait affolée, mais tentait de cacher son trouble tant bien que mal. L'inquiétude se lisait dans ses yeux. Dans l'habitacle, la tension était palpable. Anne-Marie n'arrivait pas à me fixer droit dans les yeux. Elle, qui d'ordinaire m'inondait des « M. Maurice », se contentait de triturer nerveusement ses mains.

— Bonjour Anne-Marie.

— Bonjour Monsieur Maurice.

— Tu te doutes certainement de la raison de mon arrivée chez toi, si tôt, n'est-ce pas ?

— ...

— Je ne vais pas tourner autour du pot pendant longtemps. Où est Inès-Olga ?

— Je ne sais pas M. Maurice...

— Tu ne sais pas où elle se cache ou bien tu préfères ne rien dire pour la protéger ?

— ...

— Je vais donc te considérer comme sa complice et en déduire que tu souhaites te mesurer à moi et défier mon autorité.

— Non, M. Maurice !...

— Dans ce cas, tu vas rester avec nous et nous aider à la retrouver.

— Inès-Olga était bel et bien chez moi. Mais elle est partie...

— Partie où, Anne-Marie ?!

— Je ne sais pas M. Maurice... Elle ne m'a rien dit...

— Tu mens !

— Pourquoi vous mentirai-je M. Maurice ? Elle est partie de chez moi dans la soirée. Vous pouvez le vérifier... On peut aller chez moi si vous voulez.

— C'est bon, je te crois.

Pendant tout mon échange avec la dame de ménage, J.B était resté silencieux, à mon grand étonnement. Puis, avant de remettre le contact, il descendit de voiture, ouvrit la portière arrière, sortit un mouchoir de sa poche, et le mit sur le nez d'Anne-Marie qui s'étala comme une masse sur la banquette arrière.

— Mais, qu'est-ce que tu as fait J.B ? m'affolai-je.

— Je prends la main, car je te trouve trop mou. Voilà ce que je fais Maurice ! Je répare tes bourdes !

J.B avait conduit silencieusement. Par moments, je le regardais pour déchiffrer sur son visage son humeur du moment. Ses mâchoires serrées traduisaient bien la colère à peine camouflée qui le consumait. Pour éviter de remettre de l'huile sur le feu, je m'abstins de rompre le silence qui s'était installé entre mon ami et moi, puis je reportais mon attention sur la route. Je fus surpris de voir qu'il avait conduit jusqu'au siège du Cercle au lieu de repartir chez moi.

— Qu'est-ce qu'on vient faire au siège J.B ?

— Tu le sauras bien vite, Maurice.

Une fois que nous fûmes arrivés devant l'immense portail noir, J.B klaxonna. Aussitôt, le vigile vint ouvrir le portail, puis le referma lorsque nous fûmes entrés. Je sentais que la situation m'avait échappé. En silence, nous descendîmes de voiture, puis J.B fit signe aux hommes habituellement chargés du protocole de faire sortir Anne-Marie de voiture. Elle dormait toujours. Un détail attira mon attention : le parking était rempli de voitures comme un jour de grande réunion. Au siège, dans le sous-sol, là où avait eu lieu ma cérémonie d'initiation. Une chaise avait été mise au centre de la pièce. Les hommes qui avaient fait descendre Anne-Marie de voiture l'y déposèrent. Puis, sous les ordres de J.B, ils la ligotèrent avant de repartir à l'extérieur. Inquiet, je demandais à J.B à quoi tout cela rimait. L'expression de son visage était sombre.

— Ecoute Maurice, les membres du conseil ont refusé de t'accorder un délai supplémentaire pour que tu puisses accomplir le rituel avec une vierge.

— Et c'est maintenant que tu me le dis ?!

— Qu'est-ce qui se serait passé si je te l'avais dit plus tôt, hein ? Tu veux connaître mon avis ? Eh bien, il ne se serait rien passé, car tu n'as pas de plan B. Ta nièce s'est enfuie par ta faute et tout ce que tu fais depuis, c'est pleurnicher au lieu d'agir.

— Oui, mais quel est le rapport avec Anne-Marie ?

— Maurice, je vais finir par croire que tu fais exprès de ne pas comprendre de quoi il est question mon frère. Si ça continue, je vais finir par te faire un dessin. Comment te le dire simplement ? Le conseil a décidé que tu dois sceller ton appartenance au Cercle par un pacte de sang

— Et c'est Anne-Marie qui sera sacrifiée.

Chapitre 17 : Le love

La veille au soir...

Inès-Olga *

Jordan écrasa sa cigarette dans le cendrier posé sur le bureau.

— Tiens, donne-moi ton sac.

Au moment où je lui tendis mon sac, ses doigts frôlèrent les miens. Ce léger contact suffit à éveiller mes sens et les souvenirs de la fois où nous avons failli passer à l'acte affluèrent dans mon esprit avec force et précision. Perturbée, je bégayais quelque chose. Il sourit, puis mit de la musique sur son ordinateur et vint s'asseoir près de moi.

— J'aurais dû aller rejoindre Natacha à Libreville depuis longtemps...

Mais à l'époque, je me disais que les choses s'amélioreraient avec mon oncle. Ma tante prenait tellement bien ma défense que je me sentais protégée. Et puis, il y a eu ce voyage. Elle m'a laissée avec son mari, pensant certainement comme moi qu'il avait fini par m'accepter. Mais je constate avec amertume que je me suis trompée sur toute la ligne et ma tante aussi. Je sentais les larmes me monter aux yeux.

— Est-ce que Natacha est au courant de tout ça ?

— Pour ce qui s'est passé hier ? Non, elle n'est pas informée...

— Tu devrais la prévenir.

— Je l'appellerai demain.

— Ino...

— Je sais comment fonctionne ma sœur, elle a trop le sang chaud. Je lui raconterai tout lorsque nous serons face à face, elle et moi.

— C'est comme tu veux... Une chose est sûre, tu la connais mieux que moi.

Jordan se tut pendant un court instant, prit mes mains dans les siennes, me regarda droit dans les yeux et dit :

— J'appréhende ton départ à Libreville. Pour dire vrai, je ne suis même pas pour que tu t'en ailles. Mais vu la situation, je pense que c'est peut-être la seule issue pour que tu échappes aux menaces du mari de ta tante. Je ne supporterai pas qu'il t'arrive quoi que ce soit... Je t'aime Inès-Olga...

Jordan m'aime !

Mon cœur s'emballa aussitôt. De doux fourmillements se répandirent dans mon corps tout entier. Les yeux plongés dans ceux de Jordan, j'y lisais de la sincérité et surtout, de l'amour.

— Tu tiens à moi à ce point ?

— Je tiens à toi plus que tu ne peux l'imaginer Inès-Olga.

Jordan avait prononcé cette dernière phrase avec une émotion particulière qui me toucha au plus profond de moi. Une onde douce et énergique me fit vibrer de l'intérieur.

— Moi aussi je tiens à toi Jordan, avouai-je dans un murmure.

Il me sourit, prit mes joues dans ses mains. Intense, un feu ardent se mit à me consumer de la tête aux pieds. Des sensations vertigineuses animaient mon bas-ventre. Le regard de Jordan tendre et fiévreux ne fit qu'attiser davantage ces flammes que je sentais croître entre mes cuisses.

— Toutes les nuits, j'ai repensé à ton souffle sur mon visage, à tes seins fermes, à ta peau, douce et délicate, à ce sourire désarmant... Toutes les nuits, je me suis repassé en boucle cet après-midi chez toi... Toi et moi, si près du but...

La voix de Jordan était douce comme une caresse. Je fermais les yeux en l'écoutant me murmurer combien il avait pensé à mon corps, à moi, à nous. L'entendre me dire qu'il me repassait sans cesse en revue dans sa mémoire, inondait davantage mon cœur de ce sentiment profond que j'éprouvais pour lui.

— Moi aussi, j'y ai souvent pensé... J'en ai rêvé presque toutes les nuits. Sauf que dans mes rêves on avait atteint le but...

Jordan ne répondit rien. Était-il trop ému pour parler ? Peu importe, l'essentiel avait été dit. Jordan me désirait autant que je le désirais et cette envie ne l'avait jamais quitté. Il y avait pensé chaque jour. Tout comme moi, il avait rêvé de mon corps... De ma peau... De moi, de nous. Jordan me fit basculer sur le lit. Je poussai un petit cri de surprise, ce qui le fit rire doucement. Allongée sur le dos et éblouie par la lumière, je fermai les yeux et me laissai aller dans les bras de Jordan. Son parfum épicé mêlé à celui de la cigarette mentholée éveillait en moi de manière presque douloureuse un désir refoulé depuis trop longtemps. Le corps ferme et musclé de Jordan allongé sur le mien, son souffle tiède et régulier sur mon visage, ses yeux qui lisaient jusque dans les profondeurs de mon âme... Toutes ces choses avaient réussi à m'émoustiller en peu de temps. Contre lui, je me sentais vibrer.

Le corps en alerte, j'avais hâte que Jordan me murmure des mots doux, qu'il glisse ses mains sous mes vêtements et qu'il me caresse avec passion. Je désirais que ses lèvres sensuelles s'emparent des miennes et qu'il m'embrasse fougueusement. Sans plus attendre, je nouai mes bras autour du cou de mon mec, et l'attirai tout contre moi. Automatiquement, ses lèvres s'emparaient des miennes. Emportée par la fougue de ce baiser tant espéré, j'entrouvris la bouche pour mieux accueillir la langue de Jordan qui cherchait désespérément la mienne. Langue contre langue, on se savourait à en perdre haleine. Enivrée par ce baiser passionné, je m'abandonnais entièrement à cette douce torture des sens. Jordan se mit à me caresser avec ferveur. Ses mains s'aventurèrent sous mon tee-shirt, il poussa un grognement de surprise lorsque ses doigts se retrouvèrent au contact de mes tétons nus et dressés.

— Je ne porte pas de soutien, dis-je en souriant contre sa bouche.

— Ça ne me dérange pas. Bien au contraire, je trouve ça excitant, dit-il dans un souffle.

L'excitation monta d'un cran et malgré ma barrière de nos vêtements, je sentis Jordan se durcir contre moi. Sans perdre une seconde, il se mit à m'embrasser à nouveau. Je lui rendis son baiser et l'encourageai à me caresser partout. Les doigts tremblants, je déboutonnai mon pantalon et le fis glisser sur mes jambes avant de le retirer complètement, j'ôtai également mon tee-shirt. Jordan me regardait faire, sans rien dire. On aurait dit qu'il voulait imprimer cet instant à jamais dans sa mémoire.

Jordan***

Inès-Olga était là, uniquement vêtue d'un slip. Elle était encore plus belle que dans mes souvenirs. J'avais envie d'elle. J'avais rêvé de cet instant tellement de fois que j'avais envie de la faire mienne tout de suite. Mais avant de franchir le cap, je voulais m'assurer qu'elle était vraiment sûre de ce qu'elle faisait et qu'elle ne regretterait pas sa décision après que nous ayons fait l'amour.

— ...Tu en es sûre Ino ?

Visiblement trop émue pour répondre, elle hocha la tête en guise d'approbation.

— On ne pourra pas faire machine arrière...

— Je sais...

Elle prit mes mains, les posa sur ses hanches, et m'invita à retirer son slip. Le cœur battant, je fis glisser le bout de tissu en coton, le long de ses jambes et je le posai délicatement sur son linge déjà au sol. La vision de sa toison brune me fit me raidir encore plus. Je m'arrêtai, pour contempler sa beauté, puis je me déshabillai à mon tour.

— Tu peux éteindre la lumière s'il te plait ? M'intima-t-elle.

— Tu veux m'empêcher d'admirer ton beau corps ?

— Éteins la lumière Jordan... S'il te plait... Elle réitéra sa demande.

— Ok...

J'éteignis la lumière. Telles des veilleuses, la lumière des lampadaires suffisait à éclairer ma chambre. Dans la poche de mon jean, je trouvais des préservatifs. L'emballage était légèrement vieilli. J'en détachai un, je me déshabillai à la hâte, et je sortis le préservatif de son emballage puis le déroulai sur mon sexe en érection. Ino me regardait en souriant timidement. Je revins près d'elle et je lui embrassai le ventre, elle frémit en poussant un gémissement de plaisir. Puis, je descendis entre ses cuisses. Tandis que ma bouche assoiffée cherchait désespérément la source de plaisir, Inès-Olga agrippa ma tête, et m'encouragea à continuer ma caresse buccale. Pour ne pas brouter ses poils pubiens, j'écartai ses grandes lèvres et me concentrai sur la partie la plus douce de sa fleur. Elle laissa échapper un petit cri. Ce qui m'encouragea à accentuer encore plus ma caresse buccale. Quand je la jugeai suffisamment mouillée et excitée, je décidai de la prendre. Je fus surpris, tant par le cri strident que poussa Inès-Olga, que par la barrière qui m'empêcha de la pénétrer. Stupéfait, j'arrêtai tout mouvement.

— Tu es vierge ?!

— Oui... répondit-elle la voix tremblante.

— Mais pourquoi ne m'as-tu rien dit Ino ?! Demandai-je avec une pointe de reproche dans la voix.

Je me décalai légèrement sur le côté.

— J'ai jugé que ce n'était pas important...

— Quoi ?! Mais la virginité c'est toujours important pour une femme non ?

— Ça dépend...

— Ça dépend de quoi ?

— Tu comptes discuter longtemps sur le pourquoi du comment, au lieu de profiter des quelques heures qu'il nous reste à passer ensemble, avant que je m'en aille ?

Je la regardai sans rien dire.

Elle est vierge, putain !

J'avais envie d'elle, mais je n'avais pas envie de la coucher juste comme ça...

Je me suis levé.

— Tu vas où, Jordan ?

— Écoute Ino, ce n'est pas une bonne idée. Je pense que tu agis sur un coup de tête...

— Ce n'est pas une bonne idée ? Parce que ce que tu ressens pour moi se limite à une simple idée ?

Elle s'assit sur le lit, les jambes repliées vers ses fesses, le buste droit. Elle cherchait une réponse dans mes yeux. Je détournai le regard, cherchant à mon tour les mots justes, pour exprimer ce que je ressentais.

— Non... ça ne se limite pas à une simple idée. Ce que j'éprouve pour toi est bien plus fort...

Elle se leva, et vint se mettre devant moi. A la vue de son corps de déesse aux courbes parfaites, je me raidis à nouveau.

— Alors pourquoi as-tu cette réaction ?

— ...

Elle se colla à moi. Je frissonnai. Le contact de sa peau douce sur la mienne avait suffi à rallumer le désir en moi avec une force insoupçonnée.

— Je te désire autant que tu me désires... Je veux que tu sois le premier Jordan. C'est un cadeau que je te fais... et on ne refuse pas un cadeau.

Un cadeau, ce mot à lui seul avait suffi à gonfler mon cœur d'un sentiment que je n'avais jamais éprouvé jusqu'alors pour quiconque.

Des filles, j'en avais dépucelé quelques-unes, mais jamais je n'avais éprouvé quoi que ce soit de semblable. Avec ces autres, c'était juste physique. De la mécanique pure. Tandis que là, avec Inès-Olga, c'était différent. Ce que je ressentais pour elle était tellement fort. Je la soulevai jusqu'au lit et la posai délicatement.

Elle est si précieuse...

— Je suis d'accord avec toi... On ne refuse pas un cadeau...

La musique s'était arrêtée. Il n'y avait plus de bruit dans ma chambre, enfin presque. Seuls les battements de nos cœurs et nos respirations saccadées résonnaient dans toute la pièce. Allongée sur le dos, les lèvres entrouvertes et les yeux mi-clos, Inès-Olga me regardait intensément. Le désir qui la consumait était le même qui me brûlait les veines. Je me laissais glisser entre ses cuisses en prenant soin de ne pas peser de tout mon poids sur elle. Instinctivement, elle m'enlaça, tremblante.

— Ça va ?

— Oui...

— Je ne suis pas encore dedans... On peut encore tout arrêter, tu sais...

— Fais-moi l'amour Jordan...

Elle me le demanda une fois, pas deux. Dans un baiser passionné, mes lèvres rencontrèrent les siennes douces et humides. Tendrement, ma langue caressa celle d'Inès-Olga, tandis que mes mains empoignaient ses seins ronds et fermes. Automatiquement, nos bassins se mirent à bouger, ensemble. Pour l'exciter au maximum, je frottais mon érection contre sa féminité.

Elle bande, elle aussi.

Obéissant aux commandes de son corps, Inès-Olga écarta les jambes, et de ses mains, elle plaqua mon bassin contre le sien, m'encourageant à me frotter encore et encore contre son bouton rose. Je libérai ses lèvres légèrement gonflées par notre baiser fougueux, et je pris ses seins tour à tour dans ma bouche.

Oh ! Comme c'est doux !

— Jordan... Souffla-t-elle.

— Oui...

La pression que ses mains exerçaient sur mes fesses m'indiquait qu'elle était prête à m'accueillir. Lentement, j'introduis un doigt en elle et constatais avec ravissement qu'elle mouillait à souhait.

Je vais la pénétrer très lentement, pour qu'elle ait le moins mal possible.

Inès-Olga***

J'ai envie de sauter le pas maintenant. Je veux offrir ma pureté à Jordan. Je l'aime et il m'aime aussi.

J'accompagnais chaque mouvement de mon partenaire. Bientôt, je sentis son érection buter contre l'entrée de ma fleur, sans aller plus loin. Il me donnait l'impression de prendre l'élan, multipliant les coups de bassin, qui devenaient de plus en plus précis. Redoutant la douleur, je me cramponnais à ses épaules.

— Détends-toi Ino... murmura Jordan. Je serai tendre avec toi... Je vais y aller tout en douceur... Tu verras... Et si tu as trop mal, tu n'auras qu'à me le dire et je m'arrêterais.

Il m'embrassa et au même moment, je sentis une douleur vive entre mes cuisses qui eut vite fait de laisser place à des sensations enivrantes.

Ça y est, il est en moi.

Les va-et-vient de Jordan étaient lents et doux. Les jambes écartées au maximum, je me cambrais exagérément pour que le plaisir prenne le dessus sur la légère douleur qui marquait cette première fois.

— Ça va ?
— Oui...
— Si tu veux, je peux m'arrêter...
— Continue...

Jordan me fit l'amour tendrement une fois. Puis deux, puis trois fois.

Ça y est, je suis une femme.

Épuisés, on tomba tous les deux dans un sommeil post-coïtal bien mérité.

Quelques heures plus tard, je me réveillai en sursaut.

— Qu'y a-t-il, Ino ?

Assise sur le lit de Jordan, le cœur battant à la chamade, je dégoulinais de sueur.

— J'ai rêvé de ma mère... Depuis qu'elle est morte, c'est la première fois que je la vois en songe...

Les yeux à moitié fermés, Jordan s'assit près de moi.

— Je comprends... Et elle t'a dit quelque chose en particulier dans ce rêve ?

— Oui... Elle m'a dit que je cours un énorme danger si je reste ici... Il faut que je parte de Tchibanga aujourd'hui même.

— Ok. Je t'accompagnerai à la gare dès que le jour se lèvera. D'accord ?

— Ok...

— En attendant, on peut dormir un peu ou faire autre chose si tu veux... Dit-il en faisant glisser ses doigts le long de mon dos.

— Je crois que je préfère AUTRE CHOSE, dis-je en riant doucement...

— Vos désirs sont des ordres, mademoiselle.

Jordan me fit basculer en arrière, il enfila un préservatif et se glissa en moi très lentement. Ignorant les douleurs sourdes de mon dépucelage récent, on a fait l'amour encore une fois, puis deux, puis trois. A peine avais-je découvert « la chose » que déjà j'en devenais accro.

A l'aube, Jordan m'a accompagnée pour prendre le car en partance de Libreville. Nous nous sommes dit au revoir sans nous faire de promesse. Il a essayé de me dissuader de partir. Mais je ne pouvais plus faire machine arrière. Rester à Tchibanga était impossible.

— Promets-moi que tu passeras ton Bac, Ino.

— Je passerai mon bac, promis.

On s'est enlacés longuement, puis je suis montée dans le car. Jordan m'a regardé m'installer. Assise au fond du bus côté fenêtre, je fus dégoutée lorsque je me rendis compte que la vitre était condamnée. Je ne pouvais pas l'ouvrir. *Pfff ! Et dire que je voulais encore parler avec Jordan avant que le bus démarre.*

On se contenta de se faire des signes. Et puis, j'ai lu sur ses lèvres un « Je t'aime Ino » et au cas où je n'aurais pas su déchiffrer, Jordan fit un cœur avec ses deux mains. Je lui rendis son cœur. Et puis, il m'envoya un texto « Je t'aime Ino. Fais attention à toi. Et surtout, passe ton Bac et obtiens-le ! » « Je t'aime aussi Jordan. Je tiendrai ma promesse... J'aurai mon Bac avec mention ! » Puis, le bus démarra. Le vague à l'âme, je regardais Jordan devenir un point, là-bas, au loin.

Le lendemain à Libreville...

Nadia***

Le simulacre de Maman sur sa crise cardiaque a duré une bonne partie de la nuit. J'ai failli tomber dans son piège. Mais grâce à Papa, je me suis souvenu qu'elle m'avait déjà fait ce coup. Maintenant que je connaissais sa façon de procéder, je n'avais pas couru à l'hôpital pour la faire examiner, comme ça avait été le cas quand je venais de rentrer des USA, et qu'elle avait fait un malaise alors que nous étions à la plage. Après lui avoir donné du paracétamol et l'avoir rassurée en disant que je parlerai à Papa pour qu'il revoie sa décision d'inviter tous les Lawson au repas que nous organisons, Maman s'est calmée et elle a fini par trouver le sommeil. Très en colère contre son mari, c'est dans ma chambre qu'elle était venue se réfugier. Ce repas de famille en grand comité ne m'enchantait pas trop non plus, car je comptais y inviter Hervé. Et pour un premier contact avec la famille, je préférais que ça se fasse avec le moins de monde possible. Mais pour cela, il fallait bien négocier avec Papa et lui présenter les choses de telle sorte qu'il revoie sa décision. Car il avait l'air remonté et ne semblait pas plaisanter quand il a annoncé de but en blanc que tous les Lawson viendraient au repas. J'ai trouvé le comportement de mon père surprenant et inhabituel. C'est comme s'il se réveillait soudain d'un long sommeil.

Je vais profiter du fait que Maman dorme encore, pour parler tranquillement avec Papa.

Lorsque je suis arrivée dans le séjour, mon père était debout, les mains enfoncées dans les poches de son pantalon à pinces anthracite, il me faisait dos. Face à la baie vitrée, il semblait contempler le ciel, mais connaissant mon père, je savais qu'il était soucieux et qu'il profitait du calme pour réfléchir. Le seul bruit environnant était le léger ronronnement de la cafetière qui résonnait derrière la porte de la cuisine. Pour lui signaler ma présence, je marchai en faisant résonner mes talons de manière exagérée sur le carrelage. Papa se retourna aussitôt, et lorsqu'il me vit, il afficha un sourire ravi.

— Bonjour ma fille.
— Bonjour Papa.

Je m'approchai de lui pour l'embrasser. Il déposa un baiser sur mon front comme lorsque j'étais enfant.

— Tu as bien dormi ?

— Oui, et toi ?

— Pas vraiment...

— Tu m'as l'air soucieux...

— Je le suis en effet.

— Ne me dis pas que c'est à cause de ce repas que nous organisons ?!

— Non, ce n'est pas pour cela que je suis anxieux, sois rassurée. C'est vrai qu'hier soir, j'ai un peu bousculé ta mère en lui disant que tous les miens viendront à ce repas. Mais si je l'ai dit, c'était pour lui rappeler que je ne suis pas un étranger dans cette maison, et que mon avis compte également. Pendant ces dernières années, elle a toujours fait ce que bon lui semblait. Et par amour pour elle, j'ai laissé faire... Mais le comportement de ta mère avec les miens ne m'a jamais fait plaisir. Et c'est souvent pour éviter de rentrer en conflit avec elle que je me suis tu. Je me rends compte que j'ai eu tort. Car comme le dit le proverbe : qui ne dit mot consent. D'une certaine manière, j'ai encouragé ta mère à agir comme elle l'a fait.

— Mais non Papa, ne dis pas ça. Écoute, j'ai pensé à quelque chose qui pourrait arranger tout le monde.

— Je suis curieux de le savoir.

— Et si on en parlait en prenant notre café ?

— Bonne idée.

Mon père et moi nous nous dirigeâmes vers la cuisine, pour prendre notre café et discuter au calme.

— Écoute Papa, j'ai quelque chose à t'annoncer...

Il leva un sourcil interrogateur et me fixa longuement avant de dire :

— Tu es enceinte ma fille ?

— Mais non Papa, je ne suis pas enceinte ! Protestai-je avec amusement.

— Ça ne me déplairait pas d'être grand-père, tu sais. Tu es en âge de procréer.

— Oui, mais ce n'est pas d'actualité pour le moment...

— Alors, quelle est donc cette nouvelle que tu veux m'annoncer ?

Mon père était beaucoup plus serein ce matin. Avec Maman qui n'était pas encore levée, j'avais plus de chance de lui faire accepter ma proposition.

— En fait, je souhaiterais inviter un ami au repas de famille.

— Tiens donc, et qui est cet ami ? A en juger au sourire qui irradie ton visage actuellement, il s'agit plutôt d'un petit ami, n'est-ce pas ?

— Tu sais Papa, à mon âge, on ne parle plus en termes de petit ami. Oui effectivement, la personne que je souhaite inviter est bien plus qu'un simple ami. Et je préfèrerais si possible qu'on soit en petit comité... Je serai beaucoup plus à l'aise... Et puis, on invitera le reste de la famille le week-end d'après par exemple.

— Tu sais comment m'attendrir, Nadia.

— Allez Papa, dis oui !

— Je vais réfléchir. Moi aussi, j'ai une information très importante à vous communiquer à toi, ta mère et tes frères.

— Ah bon ? Et c'est à quel propos ?

— Vous le saurez bien vite.

— Tu m'inquiètes Papa. J'espère que ce n'est rien de grave.

— Non, ce n'est rien de grave. C'est plutôt quelque chose de très important.

— Ok, tu me rassures. Et pour le repas en deux temps, quand aurai-je une réponse ?

— Laisse-moi la journée, veux-tu ?

— D'accord. Heu... Papa ?

— Oui ?!

— Pour mon invité, je préfère que tu n'en parles pas à Maman pour le moment...

— Ah bon ? Et pourquoi ?

— En fait... Comment dire ? C'est quelqu'un du boulot et il ne correspond pas aux critères de beau-fils selon elle...

— Hummm, je vois. Tu peux compter sur ma discrétion ma fille. Je ne dirai rien. Motus et bouche cousue.

— Merci beaucoup Papa.

— Je t'en prie ma fille. Bien, je vais y aller. J'ai une journée chargée qui m'attend.

— Je ne vais pas tarder moi non plus. Bonne journée Papa.

— A ce soir, ma fille.

A suivre...

Remerciements

Je remercie mon cher et tendre époux qui très souvent, me voit me faufiler très tôt le matin, pour me laisser happer par l'ordinateur durant des heures entières, afin de donner vie aux personnages qui emplissent mon imagination. I Love you honey.

Merci à mes enfants pour la patience et l'amour que vous me témoignez chaque jour que Dieu fait. Je vous aime.

Merci à Martine pour la correction et la relecture de cette trilogie ainsi que pour tes précieux conseils.

Merci à Fedora, pour la relecture et la mise en forme de cette trilogie. Merci pour la patience sans failles et pour le travail accompli.

Un merci particulier à mon amie Laurine présente à mes côtés depuis le début de ce magnifique voyage.

Merci à vous chers lecteurs, vous êtes le moteur de cette aventure !

Et enfin merci à toutes les personnes qui ont contribué de près ou de loin à la réalisation de ce livre.

À Propos De l'auteure

Sandy a baigné dans l'univers du livre depuis l'enfance. Adolescente introvertie, ses principaux passe-temps étaient la lecture et aussi l'écriture. En 2015, elle décide de faire découvrir ses écrits au public. Elle fait ses débuts sur les réseaux sociaux en publiant ses histoires sous forme de feuilletons. Les retours sont nombreux et très encourageants.

Aujourd'hui auteure en auto-édition, Sandy BOMAS est suivie sur les réseaux sociaux par plus de vingt et un mille abonnés.

Sandy BOMAS vit en France avec son mari et ses enfants. Lorsqu'elle n'écrit pas, cette passionnée de comédies romantiques et randonnée pédestre partage des moments privilégiés avec sa famille et ses amis.

De la même auteure

1. Destination Itonda
2. Les cris de nos entrailles (Recueil de nouvelles)
3. De l'amour pour Noël
4. Les liens de sang, Tome 1
5. Les liens de sang, Tome 2
6. Les liens de sang, Tome 3
7. Une famille pour Yami

Table des matières

Chapitre 1 : Kwilu la mégère 9

Chapitre 2 : Le verdict.. 25

Chapitre 3 : 1 Pierre 5 : 7 42

Chapitre 4 : La bonne nouvelle...................................... 68

Chapitre 5 : L'intime conviction..................................... 83

Chapitre 6 : En avoir le cœur net.................................. 102

Chapitre 7 : Chacun fait son petit métier 117

Chapitre 8 : La stratégie.. 136

Chapitre 9 : Y a-t-il un brin d'espoir pour Natacha ?... 151

Chapitre 10 : Ne pas baisser les bras........................... 166

Chapitre 11 : Des résultats tant attendus.................... 184

Chapitre 12 : L'étau se resserre................................... 199

Chapitre 13 : Avancer malgré tout 217

Chapitre 14 : In extremis 237

Chapitre 15 : Le ciel s'éclaircit 254

Chapitre 16 : Le revers de la médaille 269

Chapitre 17 : Le love 289

Remerciements... 309

A Propos De l'auteure.................................. 310

De la même auteure...................................... 311

Table des matières 312

Candide et studieuse, Inès-Olga tente de se trouver une place au sein de sa nouvelle famille. S'il ne tenait qu'à Maurice, son oncle par alliance, elle n'aurait jamais mis les pieds chez eux. Se sentant seule et rejetée, Inès-Olga essaie de faire bonne figure et d'être pleinement intégrée. Parviendra-t-elle à se faire accepter par cet oncle ?

Au chômage depuis un certain temps et attiré par la facilité, Maurice a rejoint une confrérie qui très vite lui a offert une vie de rêve. Seulement, tous les avantages dont il bénéficie ont un prix. Sera-t-il prêt à le payer ?

Printed in Great Britain
by Amazon

70763428R00187